NHK
100分de名著 books

変身

Die Verwandlung

Kafka
カフカ

Kawashima Takashi
川島 隆

NHK出版

はじめに――カフカを読むことは、自分を知ること

私がカフカの『変身』をはじめて読んだのは高校時代でした。学校の図書館に古い文庫本が入っているのを見つけて、何気なく手にとって読み始めました。一読して「これは私のことを書いているんじゃないか」と思ったのを、今でもはっきりと覚えています。

『変身』は、文庫本にしてわずか百ページあまりの小説です。これから、まずは章ごとに順を追ってこの作品を解説していきますが、みなさんはカフカや『変身』に対してどのような印象をお持ちでしょうか。「実存主義」や「不条理」「絶望」などといった言葉とともに語られることが多い作家ですから、なんとなく陰鬱《いんうつ》なイメージを抱いている方が多いかもしれません。

本書で取り上げる『変身』にしても、ある朝目を覚ますと自分が巨大な虫けらに変わっていたという、少々グロテスクな冒頭から物語は始まります。どちらかというと強く共感する人よりも、「意味が分からない」という声のほうが多く聞こえてきそうです。

のちほどご説明しますが、カフカという人は、物語から「意味」をごっそり欠落させたまま作品を書きつづけた、奇異な作家です。一読しただけでは共感できないという人が多いのは、そういったところにも原因がありそうです。研究者のあいだでも多種多様な解釈が存在し、これまでさまざまな観点から作品が読み解かれてきました。

ひとつ確実に言えることは、カフカ作品を読んだところで決して元気にはなれないし、ポジティブな気持ちにもなれない、ということでしょう。たとえ共感できたとしても、共感の先に安堵感や癒しを見いだすことができるのか――といえば、それも疑問です。少なくとも、生きる力を与えてくれるような本ではない。その意味では、「イメージどおり」と言っていいのかもしれません。『変身』にしても、しだいに居場所がなくなっていく主人公が、何の救いも見つけられない世界の中で、最後は孤独に死んでしまうという、どう捉えても前向きとは言いがたい内容です。

それにもかかわらず、カフカの作品はなぜ「名著」と呼ばれ、彼の死後百年が経つ今でも世界中で読み継がれているのでしょうか。ひとつにはその作品が、私たちが今生きている社会の感覚と非常に近いということが挙げられます。「仕事が嫌いだ」「ずっと引きこもっていたい」「みんなが『あたりまえ』だということができない」「どこにも救いが見いだせない」……。現代を生きる私たちひとりひとりの悩みを、彼は代弁しているかのようです。

残念ながら、カフカはそれに対しての「解決策」を提示しているわけではありません。しかし、彼の出自やその時代背景を視野に入れながら『変身』を読んでいくと、カフカが何を考え、何に悩みながら生き、それを作品に落とし込んだのかが少しだけ見えてきます。そしてそれを知ることは、読者であるみなさんが、自分の今置かれている環境や状況を知る手がかりになるのではないか――私はそう思っているのです。

生前、カフカはこんなことをノートに綴《つづ》っています。

「弱さに関してだけは、ぼくはぼくの時代のネガティブな側面をたっぷり受け継いだのだ。ぼくの時代は、ぼくに非常に近い。ぼくには時代に闘いを挑む権利はなく、ある程度は時代を代表する権利がある。［……］ぼくは、キルケゴールがやったように、もう凋落《ちょうらく》しつつあるキリスト教の手に導かれて生命にたどり着いたわけではないし、シオニストたちのように、吹き飛ばされていくユダヤ教の祈禱《きとう》用マントの裾にすがりついたのでもない。ぼくは終わりか、始まりだ」

これからお話しするカフカの生涯と、『変身』という短い作品は、みなさんにとって「終わり」でしょうか、それとも「始まり」でしょうか。みなさんに自分自身の「今」という状況を考えていただくうえで、少しでもお役に立つことができれば幸いです。

目次

はじめに
カフカを読むことは、自分を知ること……005
第1章
しがらみから逃れたい……011
突然「虫けら」になったサラリーマン／意味と理由が存在しないストーリー
意外にも「いい人」だったカフカ／父親＝巨大な存在
カフカが選べなかった救いの道／思うように身体が動かない状況
第2章
前に進む勇気が出ない……045
引きこもりになったグレゴール／外の世界へつながる「窓」
フェリスという女性／フェリスとの文通と「地下室」願望
「あたりまえ」という巨大なハードル／「法律の門」の前でためらう男

第3章

居場所がなくなるとき……073
家族関係からの解放／「居場所を失う」ことへの不安と期待
東方ユダヤ人への憧れ／『変身』と対極にある『城』
「時代の必然」として生まれたカフカの小説／存在のあやうさ

第4章

弱さが教えてくれること……099
病気と死／エコロジカル・ライフ
「弱さ」という巨大な力／草の根運動のバイブルだったカフカ作品
ホームレスと「カフカの階段」／自分や世界と向き合うために
カフカの小説は、自分を知るための鏡である

ブックス特別章

ポスト・コロナの『変身』再読……124
コロナ禍で『変身』を訳す／孤立する家族／誰が「ケア」するのか
ラストシーンに隠された不協和音／『断食芸人』との比較

読書案内……147
おわりに……150

※本書における『変身』はじめ、カフカの著作からの引用部分については、著者の訳によります。

第1章——しがらみから逃れたい

突然「虫けら」になったサラリーマン

カフカの代表作として世界中で読まれている小説『変身』は、奇妙な書き出しから始まります。

ある朝、グレゴール・ザムザが落ち着かない夢にうなされて目覚めると、自分がベッドの中で化け物じみた図体《ずうたい》の虫けらに姿を変えていることに気がついた。甲殻のような硬い背中を下にして仰向けになっており、頭を少し持ち上げると、弓なりの段々模様で区切られた丸っこい茶色の腹が見えた。腹のてっぺんに掛け布団《ぶとん》が、完全にずり落ちる寸前で、かろうじて引っかかっている。全身のサイズからして見劣りする、かぼそい肢《あし》がたくさん、頼りなげに目の前でチラチラうごめいていた。

グロテスクな状況を淡々と描写した冒頭部分を読んだだけで、『変身』というタイトルが何を意味しているのかがわかりますね。そう、この作品はある日突然、人間から巨大な虫けらへと変身してしまった男のことを描いた物語なのです。

とはいっても、単に肉体的な変身がテーマというわけではありません。「肉体の変化」

はあくまでストーリーの導入部に過ぎず、虫けらに変身してしまったことで主人公の身のまわりに起こる「人間関係の変化」「社会的な立場の変化」「時間の流れの変化」など、さまざまな変化が、この作品では描き出されています。つまり『変身』というタイトルには、肉体的な「変身」だけでなく、もっと広義の「変わってしまう」こと全般の意味が含まれていると考えていいでしょう。

短編というにはやや長めの小説『変身』は、三つの章から構成されています。実際の原稿はⅠ・Ⅱ・Ⅲと番号が打たれているだけですが、ここでは便宜上、第一章、第二章、第三章と呼ばせていただきます（本書の章は「第1章、第2章……」と算用数字を用います）。各章は時間軸に沿いながらも、それぞれ独自のテーマを持ったシーンを扱っているので、本書では第1～3章で、『変身』の章ごとの内容を、順を追いながら解説していこうと思っています。

まずは、まだ『変身』を読んだことのない方のために、第一章のあらすじを簡単に紹介しておきましょう。

＊　　＊

主人公のグレゴール・ザムザは両親と妹の四人暮らし。職業は布地のセールスマンで、出張の多い仕事や社内の人間関係に日ごろからうんざりしています。しかし、両親が抱えた借金を彼が一人で働いて返済しているため、不満を感じながらも今の仕事を辞めるわけにはいきません。

そんなある朝、自室のベッドで目覚めたグレゴールは、自分が巨大な虫けらの姿になっていることに気づきます。最初は状況が把握できずに、「なんだこれは?」と戸惑うグレゴール。しかしすぐに、虫に変身したことよりも、出張のために乗るはずだった列車の時刻（早朝五時）を、とうに過ぎていることが気になり始めます。「会社にどう言い訳すればいいのか?　次の列車に乗るためにはどうすればいいのか?」など、あれこれと思案しながらも、時間だけが刻一刻と過ぎていきます。なかなか起きてこないグレゴールを心配した母親がドアの向こうから「そろそろ起きたらどう?　具合でも悪いの?」と声をかけてきますが、虫に変身した彼は、慣れない身体を思うようにコントロールできずに、ベッドの上で悪戦苦闘を続けます。

やがて、時間通りに列車に乗らなかったのを不審に思った勤め先の上司（業務代理人）[*1]が家に訪ねてきます。グレゴールは部屋にこもったままで、ドア越しに、出張に遅れたことへの弁解を始めますが、普通に話をしているつもりなのに、なぜか上司には彼の言葉がまったく通じません。しかたなく、グレゴールは重い身体を引きずりながらベッドを抜けだして、ドアの鍵を開けてみんなの前に姿を晒《さら》すことに——。

奇怪な姿に変わり果てたグレゴールを見た家族や上司はひどく驚き、パニックに陥ってしまいます。恐れをなして逃げ惑う上司。それを見て「このままだと仕事をクビになってしまう。なんとか事情を説明しなければ」と必死に追いすがろうとするグレゴール。しかし願いも虚しく、グレゴールは父親にステッキで追い払われ、扉をくぐる際にひどいすり傷を負いながら、再び自分の部屋に逃げ帰ることになります。

＊　＊

以上が第一章のあらすじですが、多くの読者は、「主人公がどんな虫に変身したのか？」にまずは興味を抱き、頭の中で想像を膨らませていくはずです。「甲殻のような硬い背中」と書かれていることから、カブトムシやコガネムシのような甲虫の一種が連想されますが、「肢《あし》がたくさん」あるからには、イモムシやムカデのような長いニョロニョロした虫のような気もします。具体的に何の虫に変身したのかは、作品の中では一切説明されません。

カフカ自身、作品のイメージが固定化されるのを嫌ったようです。単行本の出版が決まった際、表紙の絵を担当するのが写実的な画風の人だと聞いた彼は、「昆虫そのものの絵は描かないでください。遠くからでも昆虫だとわかる絵は避けてほしい」と細かく注文をつけました。そのため、初版本の表紙には虫ではなく、暗い部屋に通じる半開きのドアの前で、頭を抱えている男の絵が使われています。

これは誰の絵なのでしょうか。主人公のグレゴール・ザムザだと思った人が多いのではないでしょうか。「変身したはずの主人公が人間の姿で描かれている。つまり、変身したというのは主人公の妄想なのだ」と解釈した人もいます。しかし、実はこれはグレゴールの父親です。変身した息子の姿を初めて目にしたとき、父親が「両手で目を覆って泣いた」という描写が後に出てきますが、その場面ですね。カフカ本人が、虫になったグレゴールの姿を描く代わりに半開きのドアから覗く暗闇で虫の存在を暗示することを提案し、画家はその案を採用したのです。

変身後の虫に対してカフカが自分なりのイメージを抱いていたのは、言葉の選び方からも見て取れます。私の日本語訳で「虫けら」となっている言葉は、ドイツ語でUngeziefer《ウンゲツィーファー》。この言葉は昆虫だけでなく鳥類やほ乳類も含む、「害虫」や「害獣」、つまり「人間にとって有益ではない生き物」という意味です。

ちなみに、かつての日本語訳では、「毒虫《どく》」という言葉が当てられていました。「害虫に変身していた」というのも変だから——と苦肉の策で「毒虫」という言葉が選ばれたのかもしれませんが、「有益でない生き物」と「毒虫」ではニュアンスが異なります。

毒虫といえば、人間が触ったら刺されたり、かぶれたりと危険なイメージがあります。しかし、グレゴールに毒はなさそうです。そもそもUngezieferという言葉は、古いドイツ語の「(神様にお供えする)捧げものには使うことができない」という形容詞から派生したものです。つまりカフカは、本来「使えないもの」「役に立たないもの」「無用の長物」という意味をもつ言葉を使ったのです。

たしかに『変身』に登場する虫けらは、不気味で巨大な姿をしてはいるようですが、人間に危害を加えるわけではありません。ただただ、「役に立たない」くせに場所をふさいで、人に嫌がられる——それだけの存在なのです。

意味と理由が存在しないストーリー

はじめてこの作品を読んだとき、人間がいきなり虫けらに変身するという荒唐無稽《こうとうむけい》な設定に斬新さを感じる方も多いと思われますが、実際には、人間が人間以外のものに姿を変える「変身譚《たん》」は決して珍しいものではありません。古今東西の神話・伝説には、人間が動物や植物をはじめ、ありとあらゆる人間以外のものに姿を変えるエピソードが、よく出てきます。古代ローマの詩人オウィディウス*2は、そういう物語を集めて『変身物語』という本にしました。「変身もの」は、文学の一ジャンルとして古くから確立されていたのです。

しかし、カフカの『変身』と他の変身文学を読み比べてみると、そこには大きな違いが見受けられます。それは、「なぜ主人公は変身してしまったのか？」という、物語の核となるべき「意味」や「理由」が、カフカの作品の中には一切描かれていないという点です。

たとえば、カフカを愛読していた日本の作家、中島敦《あつし》*3の『山月記《さんげつき》』の場合を考えてみましょう。この物語の中では、虎になった主人公が、自分がなぜ虎になってしまったのかを、再会した友人に切々と語って聞かせます。――読者としては、そこは当然ながら一番気になるところでしょう。主人公が人間でないものに姿を変えるに至った「理由」こそが、変身文学の核心にあると言っても過言ではありません。さらに、他のいろいろな変身文学に目をやると、元の人間の姿に戻れるのかどうか？　戻れるのならば、そのために何をすればいいのか？　といった「条件」が設定されていることもあります。でも、カフカの作品には、そういった部分がごっそり抜け落ちています。

『変身』の第一章だけをみても、そのことはよく分かります。虫になってしまった主人公は、「なぜ、こんな姿になったのだろう?」と疑問を感じることもなければ、「人間の姿に戻れなかったらどうしよう」と思い悩むこともありません。不思議なことに、主人公のグレゴールの関心は、虫に変身したという衝撃的な事実よりも、「このままでは出張のための列車の時刻に遅れてしまう」という、人間としての日常に終始注がれています。自分の置かれた状況を考えれば、仕事のことなど考えている場合ではないのに、なぜか肝心な部分を置き去りにしたまま、ストーリーがどんどん展開していくのです。

作品において最も重要となるはずの「意味」や「理由」というものを、なぜか欠落させたまま書いていく――。いわば「引き算」的手法を使って書かれているのが、カフカ文学の最大の特徴と言ってもいいでしょう。

だからこそ、カフカの『変身』を読んだ多くの人は、虫への変身という設定の裏側に隠されているはずの「意味」や「理由」を探りたくなります。その証拠に、作品が書かれて一世紀が経った今も、この作品の読者のあいだでは、「虫はいったい何の象徴として描かれているのか?」「変身にはどんな意味があるのか?」といった、意味づけについての議論が盛んに交わされています。

もちろん、そうした議論にまったく価値がないとは言いません。ですが、本書では

「なぜ虫けらに変身したのか？」といった謎解きは、あえて行なわないつもりです。なぜなら、私自身は、カフカはそこまで深く考えて『変身』を書いたわけではないと感じているからです。

作家には、まず自分の言いたいメッセージありきで、それを伝えるために頭であれやこれやと論理的に構想を練りながら書いていくタイプもいるでしょう。しかし、カフカの場合はそうではなかった。彼の他の作品や、残された手稿《しゅこう》を見ていくと分かりますが、カフカは自分の言いたいことから逆算してストーリーを考えるのではなく、頭に浮かんだイメージを一気に吐き出すように書きとめていくタイプだったのです。

たとえば、『変身』の数ヵ月前に書かれた『判決』*4という短編作品は、たった一晩で書き上げられています。彼の小説のうちには、ろくに推敲《すいこう》もせずに書いたために、登場人物の名前が途中で変わってしまっている例もあります。こうした事実をみる限りでは、カフカが細かい部分にいちいち「深い意味」を潜ませるようなタイプだったとは、とても思えません。

仮に、カフカが現代に生き返ったとしましょう。そこでカフカ本人に、「グレゴールが虫に変身したことにはどんな意味があったのですか？」と尋ねてみたところで、彼はもしかしたら、「うーん、どんな意味があるんでしょうね……」と、苦笑しながら答えるかもしれません。

ならば、『変身』という作品を、私たちはどんなふうに読めばいいのでしょうか。一番簡単に言えば、「好きなように読めばいい」のです。この作品に、「正しい」読み方など存在しません。そもそも小説の読み方は人それぞれの解釈や感じ方があっていいはずだし、正しい解釈なんていうものは、どこにも存在しない。──『変身』という作品に関しては、そういう主張が非常によく当てはまりそうです。

ただ、それだけ言って満足してしまうと、この本自体が終わってしまいますから、ここではあえて、一つの読み方を提案してみたいと思います。作者であるカフカの人となりや、育った環境、さらには彼が生きた時代背景を考えてみて、それからもう一度作品へと立ち戻る、という読み方です。

カフカの熱心なファンや専門家の中には、こうした作家の出自や時代と作品を結びつける読み方に「作品のイメージを限定することにつながるし、自分の抱いていたカフカ像が壊されてしまう」と抵抗を感じる方もいらっしゃると思います。「文学はそれ自体が独立した作品なのだから、読んだ人が純粋に自由に解釈すればいいのであって、事前知識は邪魔になるだけだ」という考え方もあるでしょう。

なるほど、それも一理あります。私自身も高校時代、何の知識もなく『変身』を読みましたが、ものすごく面白かったですし、共感もしました。主人公のグレゴール・ザムザにとても感情移入して、「この気持ちは今の自分と同じだ」と思いながら読んでいたのを、よく覚えています。

しかし、知識や情報を無駄だと言い切ってしまうのも乱暴です。先ほど「謎解き」は必要ないと言いましたが、「なぜ虫けらに変身したのか？」の答えにはたいした意味がないにしても、なぜカフカがこんな作品を書いたのか、という事情については、作家の育った環境や時代を知ってから読むと、おぼろげながら輪郭が見えてきます。それは必ずしも「不純な読み方」ではありません。むしろ、そこから見えてくるものを捨ててしまうことのほうが、少々もったいない。とくにカフカという作家の場合は、そうだと思います。

『変身』という作品を読めば、私たちは必ず何らかのメッセージを受け取るはずです。それは「カフカが伝えようとした」メッセージではおそらくないでしょう。私たちがそこでどんなメッセージを受け取るかは、私たち自身がどんな場所にいるかによって変わってきます。ですから、背後にある事情を知ったうえで作品を読み直すことが、ひいてはみなさん自身が今どんな場所にいるかを考えていただく機会になればよいと思っています。

意外にも「いい人」だったカフカ

それでは、作家カフカがどんな人生を歩んだかについて、時代背景を踏まえながら見ていきましょう。

フランツ・カフカは一八八三年、ボヘミア王国(現在のチェコ共和国)の首都プラハで、ユダヤ人の両親の長男として生まれました。カフカの下にはガブリエーレ(エリ)、ヴァレーリエ(ヴァリ)、オッティーリエ(オットラ)という三人の妹がいました。

ボヘミア王国は独立国ではなく、オーストリア=ハンガリー帝国(ハプスブルク帝国)の一部という位置づけで、多民族国家ならではの民族間のヒエラルキーが存在していました。当時、帝国の中枢部にいた支配者階級はドイツ人でしたが、プラハという街は事情が特殊で、ドイツ系の住民の半数以上がユダヤ人でした。ユダヤ人のうちにも、ドイツ語を話す「ドイツ系ユダヤ人」と、チェコ語を話す「チェコ系ユダヤ人」が存在し、ドイツ系ユダヤ人のほうがチェコ系よりも階級的に上、という認識があったようです。

カフカの父親であるヘルマン・カフカは、もともとは南ボヘミアの貧しい寒村出身のユダヤ人です。彼が書き残したドイツ語の手紙を見ると間違いだらけだったりするので、従来は「チェコ系」と説明されることが多かったのですが、近年ではこの説は疑問視されています。そもそも学校にも満足に通えない環境で生まれ育ち、「ドイツ語が苦手」ではなく字の読み書き自体が苦手だったと考えられるからです。基本的にドイツ語とチェコ語のバイリンガルで、家庭内ではもっぱらドイツ語を話していた、というのが実相のようです。のちにドイツ系ユダヤ人である裕福な醸造業者の娘ユーリエと結婚し、彼女の実家の支援を元にプラハで富裕層相手の高級小間物店（女性向けのファンシーグッズの店）を開業しています。カフカが誕生したころは、経営も軌道に乗り、比較的裕福な暮らしをしていたと伝えられています。

そんな恵まれた環境でドイツ系ユダヤ人として何不自由なく育ったカフカは、裕福な市民層の子弟が通うドイツ語系の初等学校に進みます。学校では優等生で通っていました。そしてギムナジウム[*5]を経て、名門のプラハ大学に進学します。学校の勉強はしだいに苦手になっていきますが、文学や哲学への目覚めは早かったようで、ギムナジウム時代から、スピノザ、ダーウィン、ヘッケル、ニーチェなどの著作に触れて、将来は作家になりたいという夢を抱いていました。

当初、大学では哲学を専攻するつもりでしたが、父親に反対されたため、化学を専攻し、のちに法学専攻へと進路変更。大学時代のカフカは本格的に文学にのめり込み、文学仲間が集まるサークルに所属しながら、ノートに習作を綴る日々を送っていました。

カフカの家族

ヘルマン・カフカ(父)

ユダヤ人

ボヘミア南部の寒村の貧しい家に生まれる。**行商人として成功**し、兵役を終えてからプラハに移り住んだ

ユーリエ(母)

ユダヤ人

プラハから50キロほど東の町で織物工場、ビール醸造所を営む、ユダヤ人社会の中の**名門一族の一人娘**

フランツ・カフカ

ギムナジウム時代のカフカ

(妹たち)

幼少時のカフカ姉妹。カフカは三姉妹の中で三女のオッティーリエ(愛称オットラ)を一番かわいがった

作家になりたいという気持ちを抱きながら、カフカは大学を卒業します。その後、司法研修を経て、民間の保険会社に就職。しかし、残業や休日出勤の多い職場にすぐに嫌気がさした彼は、数ヵ月後には労働者災害保険局に転職してしまいます。

転職した職場は半官半民の組織で、おりしも工業化の波が押し寄せていたボヘミアで工場労働者の災害が急増していたのを背景に、大幅な組織改革が進行していました。勤務時間が八時から十四時までだったため、時間に余裕ができたカフカは、サラリーマン生活のかたわら小説を書く生活を始めます。仕事が終わると、両親と同居する実家に帰って仮眠をとり、夜中まで小説を書きつづけて再び眠るという生活を続けていたようです。

転職後の職場環境にはかなり恵まれていたようですが、カフカは保険局でのオフィス・ワークが大嫌いでした。それでも彼は仕事を一通りきちんとこなしていたようで、保険加入する企業の業務の危険度を判定して、保険の掛け金を算出するスペシャリストとして職場で重宝されていました。のちには、労災の発生件数を抑えるための事故防止キャンペーンにも取り組みます。やがて結核にかかって欠勤がちになり、退職するまでの十数年間、同じ職場で真面目に勤務し、課長クラスにまで出世しました。

このように、コツコツ勉強して大学に入り、会社に就職して出世して――という人生

カフカによる「木材加工機械の事故防止策」（1909年の労災保険局年次報告書より）

旧式の電動かんな（角胴シャフト）の危険性を指摘し、新式（丸胴シャフト）の安全性を強調している

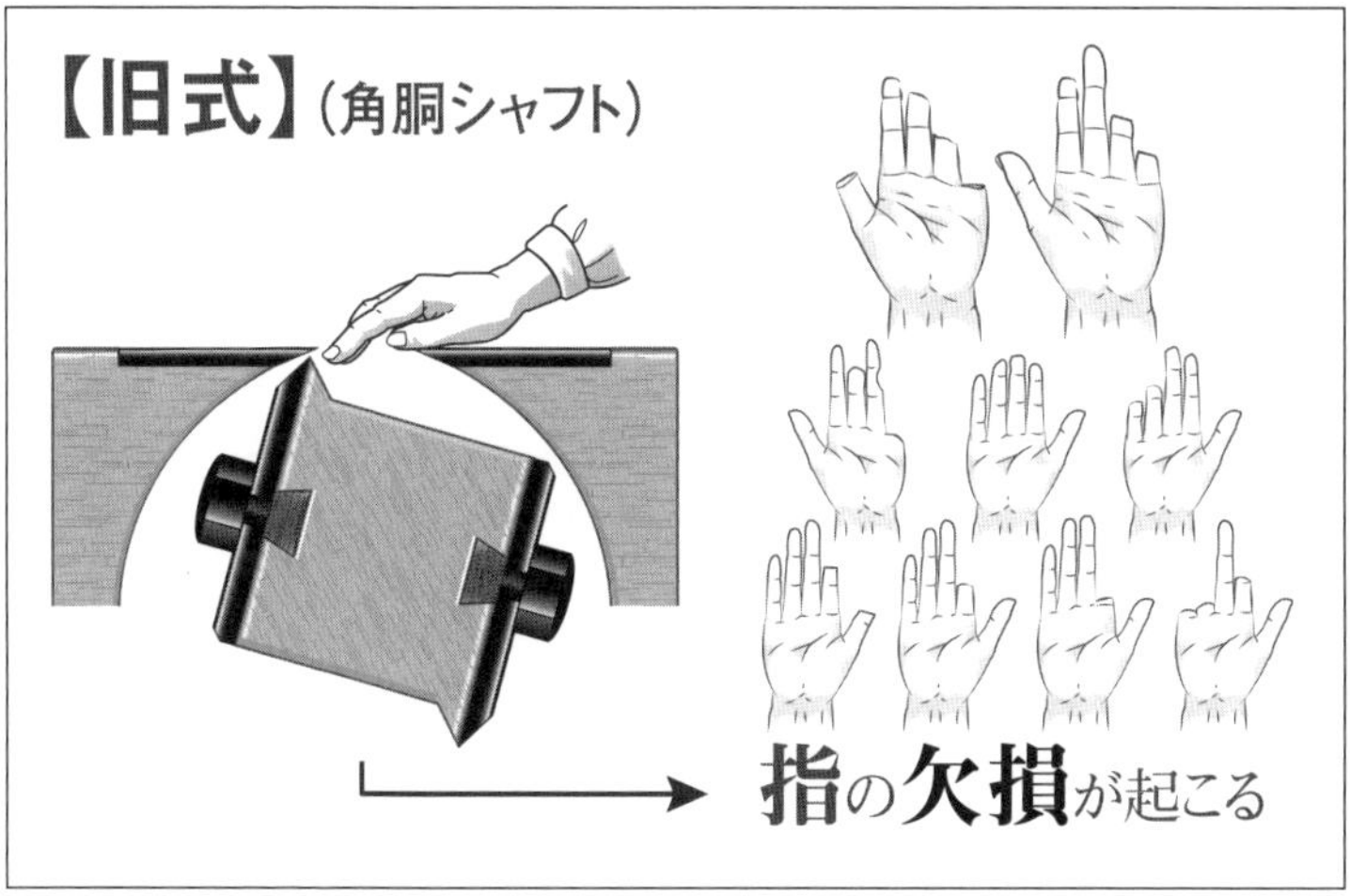

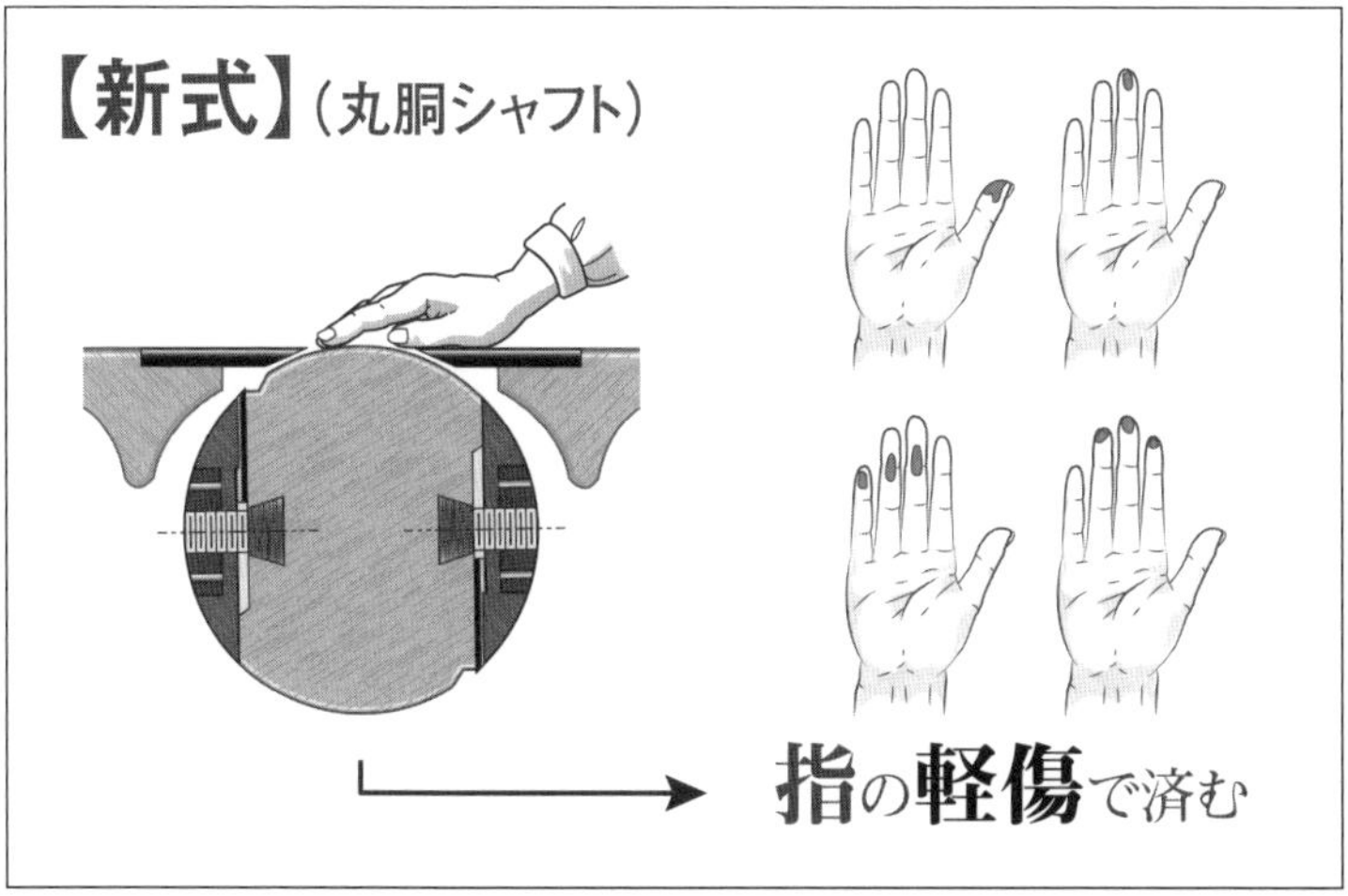

コースは、現代のわれわれが聞くと「いかにも普通」、典型的なサラリーマンという印象ですが、大学に進める人の数はまだごく限られ、資本家でも労働者でもない中間層＝サラリーマンは珍しい時代だったため、カフカの生き方は当時としては最先端のライフスタイルだった、という点には注意する必要があるでしょう。

カフカの作品は、グロテスクで一読すると希望のない内容のものが多いため、作者自身も暗い性格で孤独な人物だったのではないかと思われがちですが、実際には（少なくとも傍目《はため》には）そうではなかったようです。あまり口数の多いほうではなかったものの、人当たりがよくて部下や使用人にも礼儀正しく親切で、バランス感覚やユーモアのセンスにも長《た》けた、いわゆる「いい人」だったようです。すらりとした長身で、ルックスも決して悪くはなかったところを見ると、女性にもおそらくモテたのでしょう。恋愛もちょくちょく経験し、結婚にまでは至らなかったものの、婚約を交わした女性も二人いました。

民間の保険会社に勤めていた二十四歳のときに、『観察』[*6]というタイトルの小品集が文芸誌に掲載され、文壇デビュー。『観察』は数年後にドイツの出版社から本になって出ます。カフカはその生涯に、『変身』（執筆は一九一二年、出版は一九一五年）を含めて計七冊の本を世に出すことになりました。「生前はまったく無名」と誤解されることもありますが、当時の文壇の中では高く評価されていました。とある文学賞を受賞した作家が、カフカに敬意を表してその賞金を譲った、というエピソードもあります。

しかし彼は一九一七年に肺結核を患《わずら》い、一九二四年に四十歳という若さで亡くなります。その後、遺稿として残された未完の長編『失踪者（アメリカ）』[*7]『訴訟（審判）』[*8]『城』[*9]が出版されたのをきっかけに、再評価の機運が高まります。「孤独」と「絶望」の文学、「実存主義文学の先駆者」としてカフカ作品が世界中に大ブームを巻き起こすのは、第二次世界大戦後のことでした。

ちなみに、彼の死後に出版された遺稿は、「私が死んだら、すべて焼き捨ててくれ」という遺言とともに、友人の作家マックス・ブロート[*10]に預けられていたものです。ブロートが出版社に持ち込んだことで、日の目をみることになりました。ブロートはカフカとの約束を破ったことになりますが、しかしカフカも内心では出版されて世に広まることを望んでいたはずだ、という見方もあります。本当に原稿を人目に触れさせたくないのなら、自分で焼き捨ててしまえばいいだけの話ですから。いずれにせよ、ブロートの「裏切り」のおかげで、私たちはカフカの長編小説を読むことができるわけです。

カフカが歩んできた人生を手短に振り返ってきましたが、「孤独」や「絶望」のイメージが広まっているわりに、そこそこ恵まれた人生ではないか、と思われるかもしれません。カフカの人生に影を落とし、作品に影響を与えたものとは、いったい何だったのでしょうか。

父親＝巨大な存在

彼が抱えていた苦悩の種として考えられるのは、一つには父親との確執です。『変身』の第一章の終わりに、虫になった主人公が父親にステッキで追い払われてけがをするシーンがありますが、カフカ自身も自分の父親とはソリが合わなかったようです。

先ほども少し触れましたが、カフカの父親は貧しい村からプラハに出て成功を収めた、実利的な商売人気質の人物でした。やや威圧的なところがあり、カフカの文学好きと作家志望にケチをつけるだけでなく、ことあるごとに貧しい環境で育った自分と比べて、息子がいかに恵まれているかを恩着せがましく語ったといいます。カフカは一時期、上の妹エリの夫とアスベスト工場を共同経営していましたが、資金は父親が出しました。しかし工場の経営はうまくいかず、父子のいさかいの種になりました。役所での仕事のあとに工場の仕事もやらなければならなくなったことは、カフカに強いストレスを与えました。

さらに、がっしりした頑強な肉体を持っていた父親に対して、カフカはやせぎすの長身で虚弱体質。そんな自分とは性格も体格もまったく逆のタイプの父親に対し、カフカは嫌悪感とコンプレックスが入り交じった感情を抱いていたようです。

カフカの父親への複雑な思いや感情は、三十六歳のときに父に宛てて書いた『父への手紙』[*11]（結局は父親には手渡されず、カフカの死後に出版されたもの）に詳しく書かれています。冒頭部分を少し引用してみましょう。

「親愛なる父さん――なぜぼくが『父さんが怖い』なんてことを言うのか、と最近お尋ねでしたね。いつものことですが、うまく答えられませんでした。父さんのことが怖いから、というのもありますし、怖い理由を説明するにしても細かい点がたくさんありすぎるので、しゃべっているうちに支離滅裂になるに決まっているから、というのもあります。こうやって手紙で書くにしても、やはり不完全な答えしか出てこないでしょう――」

この部分だけ読んでも、父親に対するカフカの感情がいかに屈折していたのかがよく分かります。この手紙のせいで、カフカの父親といえば、息子の文学活動にまったく無理解な暴君だった、というイメージが広まりました。しかも、『変身』とそれに先立つ

『判決』という二つの作品で、父親が息子に対して突発的に暴力的になり、息子を死に至らしめるという展開が描かれているので、なおさらです。

しかし私は、この手紙を根拠に父親のイメージを決めつけてしまうことには疑問を感じます（そもそも『父への手紙』は、カフカが当時、結婚を考えていた女性との交際を父親に反対されたのがきっかけで書かれたもので、そういう文脈から切り離して字面《じづら》だけ受け取ることはできません）。カフカの作品や残された手記をじっくり読み込んでいくと、二人の間に確執があったのは確かだとしても、父親はカフカが書いているほど息子に対して威圧的かつ無理解であったとは、断定できないように思うのです。

『父への手紙』の中には、あるとき夜中に目を覚ました幼いカフカが「喉が渇いたから水を飲みたい」と言ってだだをこねたところ、父親は腹を立てて、カフカをベランダに放り出した、というエピソードが登場します。このときの出来事がトラウマになったと彼は恨みがましく綴っていますが、逆にいえば、カフカはそれ以上の体罰を父親に受けたことがないのです。父親に殴られたことがないのは『父への手紙』でも明言されていますが、学校の教室に鞭《むち》が常備されている時代ですから、これは稀有なことです。かなりリベラルな父親だったといえます。

さらにカフカは、父親がいかに自分の執筆活動に理解を示さないかを難じています。

彼は何とか父親の理解を得たいと願い、短編集『田舎医者』[*12]が出たときには、「父に捧げる」と献辞を入れています。ところが、息子からじきじきに本を贈られた父の反応は薄く、「そこのナイトテーブルの上に置いといてくれ」というだけだった――と。

けれども、このエピソードにせよ、父の無理解の証拠になるでしょうか。ナイトテーブルの上に置くのは、あとですぐに手に取れるように、ですよね。父親がその場で本を開かないのは、息子の目の前で読むのが照れくさかったからではないでしょうか。当時の文学者は社会的にもステータスが高かったので、会社勤めのかたわら文学の世界でそれなりに評価されている息子のことを、父は内心では誇りに思っていたとも考えられます。実際、生前の父子を知る人で、この父親は息子の文学志向に「理解を示していた」と証言している人もいるのです。

改めて見てみれば、『変身』に描かれている父親も、『判決』に登場する父親も、基本的にはうだつのあがらない、むしろ気の毒な男として描かれています。現実の父親も、必ずしも巨大な父権を振りかざすような「強い男」ではなかったのではないでしょうか。

もしかしたら、『田舎医者』を受け取った父は息子が立ち去ったあと、いそいそと本を開き、最初のページに印刷された「父に捧げる」という言葉を目を細めて眺めていたかもしれませんよ。

このように、「父親の存在の大きさ」とひとくちに言っても、カフカの場合はかなり複雑です。彼の中では父に対するコンプレックスが、自分に対する罪悪感にもつながっていたからです。

カフカの父親は、貧しい生まれであったのに、商売で成功を収めてからは、自分の店で働く貧しい使用人をどなりつけるような場面もありました。そんな姿を日ごろから目にしていたカフカは、父への嫌悪感を募らせるとともに、その父親の庇護のもとで恵まれた生活を享受している自分に対しても、罪悪感を抱くようになっていきます。

日本の作家でいえば、やはり夭折《ようせつ》したのちに大きな名声を獲得した作家である、宮沢賢治[*13]とも精神構造の部分で似ているような気がしますね。賢治は質屋の父親のもとで育ったことで「貧しい農民から利息をとって、自分だけこんな贅沢な暮らしをしていていいのか」という罪悪感を抱きながら成長することになります。父親と仲が悪い分、妹と仲が良かった点も、肉食を嫌ってベジタリアンになった点も、生涯独身だった点も、作品の中に男女のロマンティックな恋愛話が登場しない点も同じです。

カフカが選べなかった救いの道

ただし、恋愛や享楽的な生活すべてを拒絶し、聖人のような生き方を目指した宮沢賢治に対し、カフカは恋愛も経験し、それほどストイックな生活を送っていたわけではありませんでした。さらに精神の救いのありかという点では、二人は大きく異なっています。宮沢賢治の場合は、魂の救済を日蓮宗という宗教に求めましたが、カフカは宗教的なものには、ついに救いを見いだせなかったようです。

カフカにとっての宗教的な救いの選択肢は、主に二つありました。ひとつは、キリスト教に救いを求めるという方法です。当時、キリスト教に改宗するユダヤ人は大勢いました。若いころから哲学に興味を持っていたカフカは、孤独のうちに神を求めたキルケゴール*14の著作にも親しんでいました。しかし、カフカは「自分にはキルケゴールの真似はできない」と考えました。

もうひとつは、ユダヤ教的な神秘思想や民間信仰に自己のアイデンティティを見いだすという方法です。これは、当時のヨーロッパ社会を席巻《せっけん》したナショナリズムの流れとも密接に関係しています。つまり、ユダヤ人としての民族性に目覚めて、「ユダヤ人の魂」を再発見しよう、という方向ですね。彼はユダヤ教にもシオニズム*15にもかなり興味を抱いていましたが、残念ながらそこにも救いを見いだすことはできませんでした。

ユダヤ教とキリスト教以外では、シュタイナー教育の提唱者として日本でも有名な神秘思想家ルドルフ・シュタイナー*16にも興味を持ったことがあり、その講演に足を運びました。しかし結局、カフカはどこにも救いの道を見いだすことはできなかった。だからこそ、彼は自分の作品の中で、主人公に希望を許さなかったのです。

思うように身体が動かない状況

そろそろ『変身』の第一章に話題を戻しましょう。カフカの人となりや彼をとりまいていた環境を知った後に『変身』を読むと、主人公グレゴール・ザムザ（Samsa）と、作者カフカ（Kafka）は、名前の響きが似ているだけでなく、キャラクターや状況設定の部分においても共通点が多いことに改めて気づかされるはずです。

カフカという人は、一面では優等生的で典型的なサラリーマン人生を歩みながら、学校も仕事も大の苦手だったと先に述べました。『変身』に描かれている状況は、まさにカフカの気持ちをそのまま代弁しているようにも読めます。実生活でのカフカは真面目で律儀な性格で、学校や会社を休んだりサボったりということはほとんどなかったものの、彼の心の中には「登校拒否（不登校）」や「出社拒否」の願望がくすぶり続けていたものと思われます。

ここで考えてみたいのは、「登校拒否」「出社拒否」という状況です。それは、本人の明確な意志を持って「拒否」されるものでしょうか。どちらかというと、むしろ心や体

ザムザ家の間取りの推定図

三原弟平『カフカ「変身」注釈』(平凡社)掲載の図をもとに作成

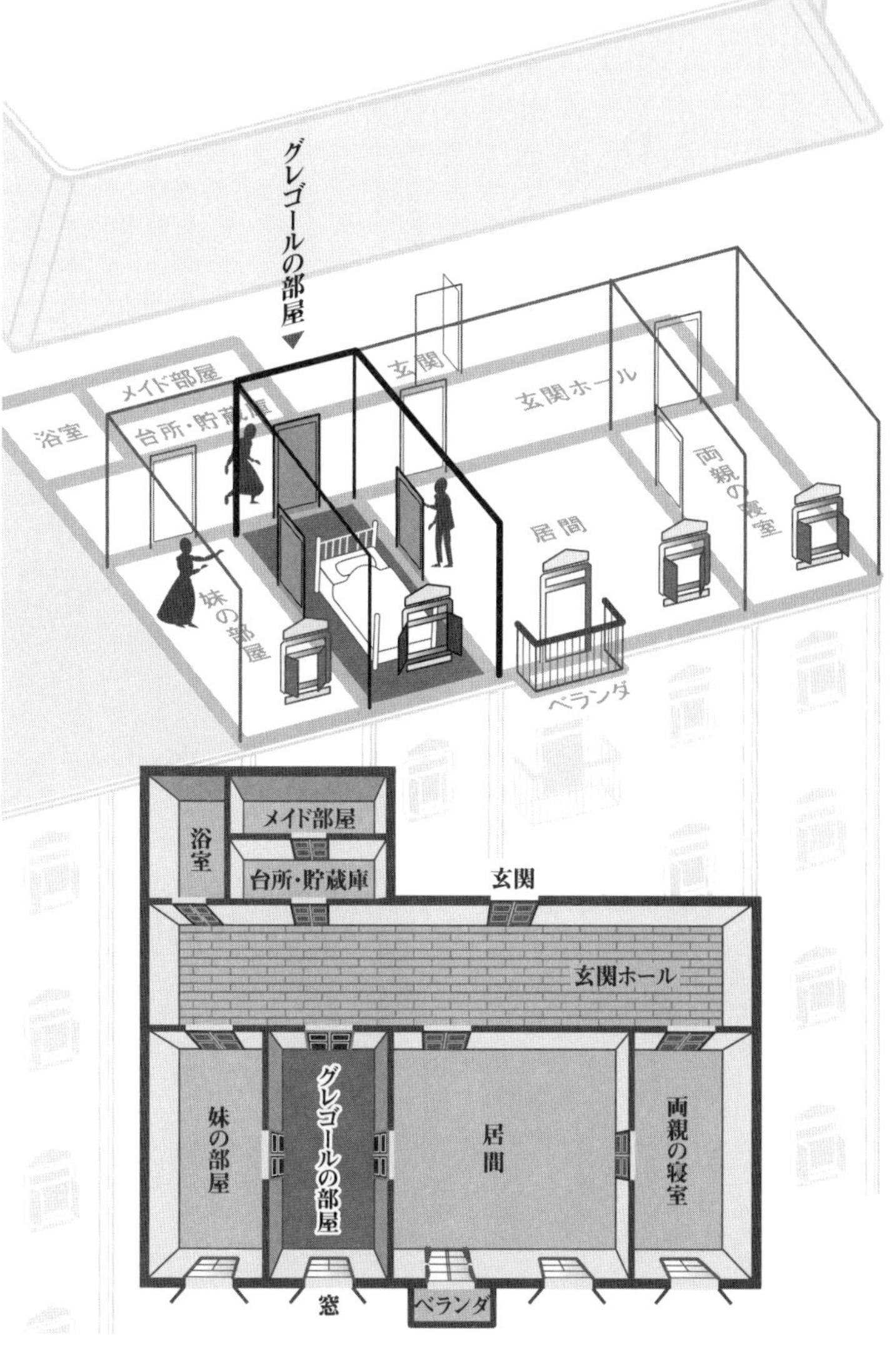

が機能不全を起こすことにより、「行けない」という状況がつくられることのほうが多いでしょう。本当は「みんなと同じに学校に行きたい」という気持ちを人並み以上にもっていたり、「会社に行くべきだ」と頭では分かっていたりするにもかかわらず、どうしても外に出ることができない身体的・精神的状況に陥っているのが「拒否」の内実であることも少なくない、ということです。意識では「行かなくてはいけない」と分かっているのに、身体が言うことをきかない。なんとかベッドから起き上がろうとするものの、気持ちばかり焦って、身体が思うように動かない。
第一章には、グレゴールが虫になった身体をもてあます、こんなシーンが出てきます。

掛け布団をはねのけるのは、ごく簡単だった。ほんの少し腹を膨《ふく》らませればよく、それでひとりでに落ちた。けれども、そこから先は難しかった。特に横幅が人並外れて広くなっていたから。身を起こすには腕や手が欲しいところだったが、腕や手の代わりに肢がたくさんあるだけだった。肢はそれぞれ、ひっきりなしにてんでバラバラな動きを見せており、しかも自分の思うようには動かせない。一本をちょっと曲げようとすると、最初にまずピンと伸びる。ついにこの肢を思いどおりにするのに成功したかと思うと、そのあいだにも他の肢はみんな、これで無罪放免になったと言わんばかりに、痛々しいほど浮かれて立ち騒いでいるといった具合だ。

普通の人間がベッドから起き上がれない状況の描写よりも、こんなふうに虫に変身した人間というシチュエーションを読んだほうが、かえってリアルにつらさやもどかしさが伝わってきますね。主人公がどんな虫に変身したかはさておき、「私」が自分自身に違和感を覚えて身動きしにくいという状況そのものが、この設定からはくっきりと浮かび上がってきます。だから、そのような違和感や身動きしづらさを多少なりとも感じたことのある読者は、そこに自分自身の姿を見て取ることになるのです。

そういう意味で、『変身』はまったくのフィクションや絵空事《えそらごと》ではなく、おそらく誰にでも起こりうる「日常に潜む危険」を、読む人に再認識させる小説なのだと言えるでしょう。

＊1　業務代理人
対外的な交渉において会社を代表する権限（業務代理権）を与えられている者のこと。日本に当てはめると、「営業部長」といったイメージ。

＊2　オウィディウス
紀元前四三～後一七。古代ローマのラテン文学黄金時代を代表する詩人。当時流行していた恋愛詩の分野で開花し、『恋の歌』『愛の技術』などで女性の恋愛心理を巧みに描いた。『変身物語』はギリシャ・ローマ神話の登場人物が動植物や星座に変身していくエピソードを集めた、十五話からなる物語詩。

＊3　中島敦
一九〇九～四二。小説家。祖父の代からの漢学者の家系に生まれ、教師のかたわら小説家を志す。唐代の変身譚「人虎伝」を元にした短編『山月記』が、友人深田久弥の推薦で「文学界」に掲載されて文壇にデビュー。代表作に、格調高い漢文調の『弟子』『李陵』、芥川賞候補となった長編小説『光と風と夢』など。

＊4　『判決』
一九一二年執筆、雑誌掲載は翌年。若い商人ゲオルク・ベンデマンが、自分が婚約したことを伝える手紙を「ペテルブルグの友人」に書いたと父親に報告すると、父親は突然激怒。婚約は父親と亡き母親への裏切りだとして、息子に「溺れ死ね！」との「判決」を言い渡す。本書の「特別章」も参照のこと。

＊5　ギムナジウム
ドイツやオーストリアの、大学進学を前提とした、九年制（現在は八年制が一般的）の中等教育機関。日本の中高一貫教育にあたる。卒業資格が大学入学資格となる。

＊6　『観察』
友人の作家マックス・ブロートの仲介により、

一九〇八年に文芸誌に掲載された八編の小品集。一九一二年にその他の十編の短編も集めて、はじめての単行本として刊行。

＊7　『失踪者（アメリカ）』

一九一二〜一四年執筆、刊行は二七年。十七歳のカール・ロスマンが、メイドに性的関係を強要されて子どもができてしまったため両親の手でアメリカに送られ、さまざまな理不尽に直面する物語。マックス・ブロートが編集して出版したときにつけた題名は『アメリカ』だったが、カフカは日記の中でこの小説を『失踪者』と呼んでいる。

＊8　『訴訟（審判）』

一九一四〜一五年執筆の長編小説で、カフカ没後の二五年に刊行。銀行の業務代理人ヨーゼフ・Kが三十歳の誕生日の朝、「何も悪いことはしていない」のに突然逮捕されるという最初の章と、そのちょうど一年後、三十一歳の誕生日前夜に郊外の石切り場で「犬のよう」に処刑される最終章をあらかじめ用意して、その間を埋めるように書き進められた。未完。

＊9　『城』

一九二二年執筆、刊行はカフカ没後の二六年。マックス・ブロートがカフカ手書きのノートを整理・編集して、立てつづけに世に出した長編小説三巻のうちの一冊。ブロートは、二五年刊の『訴訟（審判）』、二七年刊の『失踪者（アメリカ）』とともに、「孤独の三部作」と名づけた。

＊10　マックス・ブロート

一八八四〜一九六八。チェコ出身のユダヤ系作家。プラハ大学在学中から作家として頭角を現し、数多くの小説やエッセイを書いた。カフカとは大学時代に知り合い、一緒に旅行するなど親しく付き合う一方、彼に執筆をすすめ、作品を出版社に仲介するなどして、カフカを文学界に導いた。

＊11　『父への手紙』
一九一九年執筆。結核療養のためボヘミア北部の小村シェレーゼンに滞在中に書かれた、父へルマン宛の便箋百枚にも及ぶ長大な手紙。手渡された母に止められ、実際に父には渡らなかった。カフカの死後、ブロートがカフカの伝記の中で一部を紹介し、後に全文が発表された。

＊12　『田舎医者』
カフカの生前に刊行された七冊の単行本のうち、一九二〇年に六冊目として刊行された。表題作を含む短編十四編を収める作品集。他の収録作に『法律の前』『ジャッカルとアラブ人』『父の気がかり』など。

＊13　宮沢賢治
一八九六〜一九三三。岩手県生まれの詩人、童話作家。花巻で農業指導者としての活動のかたわら詩や童話を創作。生前に刊行された唯一の詩集として『春と修羅』、童話集として『注文の多い料理店』があるが、当時はほとんど無名に近い存在だった。没後、草野心平らの尽力によって国民的作家になった。

＊14　キルケゴール
一八一三〜五五。デンマークの哲学者。ヘーゲルの思弁的体系やキリスト教会を批判し、客観的真理ではなく自己にとっての主体的真理を追究した、実存主義哲学の先駆者。人間が真の自己に進む過程を、美的実存→倫理的実存→宗教的実存の三段階で説明し、不安と絶望の中にある人間は、永遠なる神と向き合い本来の自己を獲得すべきと考えた。

＊15　シオニズム
十九世紀末にヨーロッパで始まった、ユダヤ人国家の建設を目指す思想および運動。一八九七年、スイスのバーゼルで開かれた第一回シオニスト会議にて、「ユダヤ民族のためにパレスチナに公法で認められた郷土（国家）を建設する」

ことを決議。以後、パレスチナへの帰還運動が活発化した。本書の「おわりに」も参照のこと。

＊16　ルドルフ・シュタイナー

一八六一～一九二五。ドイツの哲学者、教育思想家。ゲーテを研究することで自然科学的思考法と精神的直観の統合を図り、一九〇〇年代からは精神科学や霊学などの神秘思想を提唱した。自ら「人智学」を創始し、独自の世界観に基づいてヨーロッパ各地で講演を繰り返す。教育、芸術、農業などの、多方面にわたって大きな影響を与えた。

第2章——前に進む勇気が出ない

引きこもりになったグレゴール

まず前章のおさらいから。主人公グレゴールは、虫に変身してしまったために、それまで「あたりまえ」にできていたことができなくなります。たとえば、ドアを開けて部屋を出る。それだけのことで、彼は悪戦苦闘します。（手を使えないので）口でドアを開けようとして、傷だらけになるのです。こうして八方ふさがりの状況に陥ったグレゴールのその後が、『変身』第二章では描かれています。解説に入る前に、また前章同様、第二章のあらすじを簡単に紹介しておきましょう。

＊　＊

虫けらに変身してしまったことで、仕事に行くことができなくなったグレゴールは、自分の部屋に引きこもったまま、ひっそりと暮らすことになります。

幸いなことに妹のグレーテが彼の世話係を買って出てくれたので、日々の食事にはありつくことができました。ただ、グレゴールの味覚はがらりと変化し、なぜか新鮮な食べ物よりも、腐りかけの野菜や、悪臭を放つチーズを美味しいと感じるようになっていました。

虫けらに変身してからのグレゴールは、人間の言葉を発することができなくなったため、家族は「グレゴールに言葉は通じない」とすっかり思い込んでいる様子。しかし、当のグレゴールは、話すことはできなくても、人の言葉を理解することはできました。人としての繊細な感情もまだ残っていたグレゴールは、醜い自分の姿を家族が怖がっているのを感じとり、彼らを驚かさないように、気を遣いながら静かに暮らしています。妹が食事を部屋に運んでくるときも、自分の姿がなるべく妹から見えないようにと、長椅子の下にこっそり身を隠すように心がけていました。

しばらくは、たまに窓の外をぼんやり眺めたりするだけで、ほとんど身体を動かさずに過ごしていましたが、そのうち虫に変身した身体にも慣れて、部屋の中の壁や天井を這い回ることに喜びを感じるようになっていきます。

グレゴールのそんな変化に気がついた妹は「もっと自由に動き回れるスペースを作ってあげよう」と考え、彼の部屋にあった家具類を母親と二人で運び出そうとします。グレゴールも最初は「広いスペースができて、ありがたい」と喜んでいたものの、冷静になるにつれて「思い出が詰まった家具をすべて持ち出されてしまったら、いずれは人間として暮らしていた自分の過去もすっかり忘れて、ただの虫になってしまうのではないか」と不安を感じ始めます。

グレゴールは、言葉がダメなら自分の気持ちを行動で伝えようと、壁に残っていた絵（雑誌のグラビアの切り抜き）にしがみつき、持ち出させまいとしますが、それを見た母親は息子のおぞましい姿に驚いて気絶してしまいます。そうこうしているうちに、外出していた父親が帰宅。何が起こったのか、状況を把握できない父親は、グレゴールが暴れ出したと勘違いし、追い払おうとリンゴを力まかせに投げつけて、グレゴールの背中に大けがを負わせてしまいます。

＊　＊

以上が第二章のおおよそのストーリーです。この章でとりわけ印象的なのは、父親が投げつけてくるリンゴでしょう。そもそもリンゴは、西洋文学では非常に重要なモチーフです。旧約聖書の「エデンの園」の神話や、ギリシア神話の女神たちが取り合ってトロイア戦争のきっかけになったという「不和のリンゴ」。そしてグリム童話の『白雪姫』の毒リンゴなどなど。本来おいしい果物のはずなのに、なぜか不幸の引き金になることが多いです（ちなみに、西洋でイメージされるリンゴは、今の日本のスーパーで売られているリンゴよりは小さめで、野球ボールくらい。とっさにつかんで投げるには手ごろな大きさです）。『変身』のリンゴも例外ではなく、グレゴールにとって致命的な災いになります。ただ、このリンゴの象徴的な意味は何か、などと考え始めると、また泥沼にはまります。
一読した限りでは、第一章に輪をかけて、第二章においても出口なしの絶望的状況が描かれているようにも感じられます。グレゴールの味覚や言語はすでに人間のそれではなくなっているし、行動においても、リアルな虫に着々と近づいていっている——そんな様子を見ると、彼をとりまく状況は好転するどころか悪化する一方にも思えます。けれども、よく読むと、第二章には絶望だけが描かれているわけではないことに気づくはずです。たとえば、こんなシーンがあります。

そこで彼は気晴らしのため、壁や天井を縦横無尽に這い回る習慣を身につけた。特に天井からぶら下がるのが好きだった。床の上に寝そべっているのとは大違いで、もっと自由に息がつけるのだ。かすかな波動が全身にゆきわたる。そうやってぶら下がりながら、放心してほとんど幸せな気持ちに浸っていると、自分でも驚いたことに、たまに天井からはがれ落ちて床にべちゃりと着地することがあった。ただし今では、もちろん前とは違って自分の身体を思いどおりにできるようになっていたので、そんなふうに盛大に落っこちてもケガをすることはなかった。


グレゴールが一人遊びに興じる様子を描いたものですが、このシーンからは、忙しいセールスマンの仕事や、家族の扶養という束縛からようやく解放されて、彼がある意味安定した状態にあることがうかがえます。もちろん、「会社に行けない（行かない）」という状況に陥ったら、普通に考えると「明日からの生活費はどうすればいいんだ？」と不安が襲ってきますよね。しかしそこから一段突き抜けてしまえば、「明日からは満員電車に乗らなくていい」「嫌な人に会わなくていい」といったメリットが見えてくる。文字どおり「自由に呼吸できる」わけです。

部屋から一歩も出ず、誰とも会話を交わさずに、食事だけを家族に運んでもらいながら生活を続ける。そして一人遊びにふけっている――。こうした点は、近年とみに社会問題化した「引きこもり」を連想させます。

引きこもりが問題として取り沙汰されるようになった当初は、それはもっぱら不登校の延長線上にあるものと見なされていましたが、近年の調査では、「職場になじめなかった」「就職活動がうまくいかなかった」など、社会人としての仕事関係の事情が、きっかけとしてむしろ多いことがわかっています。そういえば、近年よく引きこもりとセットで使われるようになった言葉に「ニート」[*1]があります。一時期、ニートといえば「とにかく働く気がない」「怠けている」といった偏ったイメージがマスコミで流布されていたため誤解されがちですが、ニートに分類される人のうちでは、一度は就職したけれども職場の人間関係に疲れて働けなくなった、という人の割合がかなり高いのです。そういう点でも、『変身』は「引きこもり小説」「ニート小説」として読めてしまう性格があるということになります。

実生活のカフカは、基本的に出社拒否はせず、毎朝きちんと勤めに出かけていたようですが、会社勤めが大嫌いだった彼が、常に心のどこかで自分も「引きこもりたい」という願望を抱いていたことは間違いありません。そんな彼が書いた小説が、図らずも一種の「引きこもりシミュレーション」となっているのは、不思議なことではないのです。

その意味で、この小説には、実際に引きこもりには至らずとも、息苦しさを感じながら学校や会社に通っている人にとって切実な状況が描かれているのだと思います。

外の世界へつながる「窓」

ところで、もうひとつ、現代の引きこもりとの関連でよく言及されるのが、インターネットです。普及した当初は、「面と向かって人と接することができない人が増え、引きこもりが助長される」といった言説がまことしやかに語られたりもしたのですが、最近ではむしろ、ポジティブな働きにも注目が集まっています。学校や職場に疲れ、これ以上もう面と向かって他人とコミュニケーションするエネルギーがないと感じている人々にとって、インターネットは「つながっている」という感覚をかろうじて確保してくれる、いわば外の世界への「窓」のような役割を果たすメディアなのです。

もちろんカフカの時代にはインターネットはありませんが、とくに都市の住民にとっては、文字どおり「窓の外を眺める」という行為が、似たような機能を果たしていました。『変身』のグレゴールの場合も、もともと変身前から窓辺で外を眺めるのを習慣にしていたことが、第二章の記述から推測できます。

あるいは大変な苦労もいとわず椅子を窓際まで押してゆき、それから窓まで壁を這《は》い上がり、椅子を踏み台にして窓にもたれかかるのだった。どうやら、前に窓の外を眺めて味わっていた解放感をどうにかして思い出していただけのようだが。

興味深いことに、カフカの小説の中には、「窓」に関連するモチーフがよく登場します。『変身』の少し前に書かれた『判決』も、主人公が窓から外を眺めるシーンで始まっているし、最初の短編集『観察』には「通りに面した窓」というタイトルの、こんな短い作品が収録されています。

「孤独に暮らしてはいるが、ときどき何かにつながりたくなる人。時刻や天気や仕事状況などの変化を思うにつけ、とにかく誰のでもいいから支えになる腕がほしいと願ってしまう人――そんな人は、通りに面した窓がなければ長持ちはしない。その彼が、何も求めず、ただ疲れた男として、通行人と空のあいだで視線を上下させながら窓枠に歩み寄るとき。そして何気なく、少し首をのけぞらせている。そんなとき、下の通りを走る馬たちが、馬車と騒音を引き連れて、通りすがりに彼をさらっていく。そして連れて行かれる先には、人と人の融和がある」

グレゴールがかつて窓辺で味わっていた「解放感」の内実を、よく説明してくれている文章ですね。（間接的に）人とつながるためのメディアはグレゴールにとっても重要で、だからこそ彼は、虫に変身したあとも苦労して窓の外を眺めようとしていたわけです。ところが、彼には、そうやって外界とつながる経路もだんだん閉ざされていきます。というのも、彼の視力はしだいに減退し、やがて「灰色の空と灰色の大地が溶け合って区別できない」一面の荒野が目の前に広がっているかのように、外界がぼんやりとしか見えなくなるからです。――彼が外を眺めようと努力しているのに気づいた妹は、気を利かせて、掃除後に必ず椅子を窓際に寄せておいてくれるようになりますが、それも虚しく、グレゴールにとって「窓」は、人と「つながっている」と感じるためのメディアとしての意味を失ってしまうのです。

人と「つながりたい」と思う気持ちと、人とつながる可能性を捨てて引きこもってい く方向との葛藤《かっとう》は、作者のカフカ自身がいつも味わっていたものでもあります。彼は『変身』を書いているとき、とりわけ激しい葛藤のまっただなかにいました。そこで問題になったのは、「手紙」というメディアです。じつは彼はこのとき、ある女性に宛てて、ものすごい量の手紙を書き送っていたのです。

フェリスという女性

ここでひとつ、大切なことを確認しておきましょう。『変身』を書いたとき、カフカは実生活において何をしていたのか、という点です。じつは彼は、恋をしていました。

この小説を、カフカは恋をしながら書いたのです。

カフカは二十九歳のとき、ベルリンに住む二十四歳の女性、フェリス（フェリーツェ）・バウアーと知り合いました。彼女は、カフカの作家仲間で親友のマックス・ブロートの遠縁にあたり、たまたま旅行の途中でプラハに立ち寄ったついでにブロートの家を訪れていたとき、カフカと出くわしたのです。初対面で、彼はもう彼女に恋心を抱くことになります。

最初に会ったときの彼女の印象を、カフカは一週間後の日記でこんなふうに綴っています。

「骨ばった、空っぽの顔。空っぽであることを隠そうとしていない顔だ。襟元が開いている。ゆるく肩にかかったブラウス。とても家庭的な人のような格好だと思ったけれども、あとでわかったように、じつは全然そうではなかった。［……］ほとんどつぶれた鼻。やや硬めの、魅力のない金色の髪。力強いあご」

一部、何だかひどいことを言っているような気もしますが、これは、カフカがフェリスの外見に惹《ひ》きつけられなかったということを意味する文章ではありません。その証拠に、カフカは続けてこう書いています。「座る段になって彼女をはじめてじっくり見たが、腰を下ろしたときにはもう揺るぎない判断があった」

フェリスの経歴は、当時の女性としてはかなり異色のものでした。「家庭的な人」どころか、ベルリンの新興企業の第一線で働く「キャリアウーマン」だったのです。彼女が勤務していたのは、レコードや蓄音機を扱う会社。今でいえば時代の最先端を行くハイテク企業です。フェリスはカフカと同様に小市民的なユダヤ人の家庭に生まれ育ち、はじめ商業学校に通いますが、家庭の事情で学業を中断せざるをえなくなり、タイピストとしてレコード会社で働き始めます。今の会社に移ってからは実務方面でみるみる頭角を現し、業務代理人にまで出世して会社の営業部門を統括していました。

当時はまだ女性が大学に行くのはごく稀《まれ》で、したがって職業選択の幅が非常に狭かった時代です。とくに市民階級の女性は、結婚して専業主婦になるのが「あたりまえ」とされ、教師や看護師などの例外を除いて、社会に出て働くべきではない、という価値観がまだ支配的でした。そういう時代ですから、彼女のようなバリバリ働く女性は非常に珍しかったはずです。おそらくカフカは、社会的に独立して自分の稼ぎで家族を養っているフェリスの放つ存在感、生きるエネルギーのようなものを感じ取り、そこに惹かれたのでしょう。

カフカは、それまでも恋愛は何度か経験していたようですが、フェリスと出会ったころは、とくに結婚のプレッシャーを強く感じるようになっていました。結婚して家庭を築き、よき夫・よき父親になってこそ一人前の男——というわけです。しかし、それは自分には無理だという気持ちも、同時に彼の中でどんどん強くなってきていたころでした。市民階級の男性に求められる「あたりまえ」の生き方への違和感を抱いていたカフカが、「あたりまえ」ではない女性と出会ったことで、はじめて結婚の可能性が現実味を帯びて彼の目の前に開けたのです。

フェリスとの文通と「地下室」願望

けれども、カフカはすぐには行動に移れませんでした。フェリスと出会ってから交際を申し込むための手紙を出すまでに、一ヵ月以上時間がかかっています。ちなみに、最初に送った手紙は、二人が「パレスチナ旅行」に行くことを約束したこと、約束の印に握手したことを相手に思い出させようとする内容でした。おそらく求愛方法があまりにも婉曲的すぎたためでしょう、フェリスは一度だけ丁重な返事を書いてよこしますが、それに対して再度書いた手紙に返事は来ず、そこで文通は途切れてしまいます。慌てた彼は知人に仲介を頼み、紆余曲折《うよきょくせつ》を経て二人の交際はようやくスタートします。

しかし、二人の交際は——ただ単にプラハとベルリンの遠距離恋愛だからというだけでなく、カフカの方があまり直接会いたがらなかったので——もっぱら手紙を介して行なわれました。彼はかなりの「手紙ストーカー」で、毎日のように（場合によっては一日に何通も）長い手紙を書く人でした。書くのは基本的に夜中ですが、ときどき職場で勤務時間中に、しかも職場に備え付けの便箋を使って彼女への手紙を書いたりもしています。今ならさしずめ、パソコンに向かって仕事をするふりをしながら、私用メールを打っているダメ社員といったところでしょうか。

しかもカフカは、相手にも規則正しく返事を書くことを要求しました。返事がすぐに来ないと不機嫌になって、「あなたの手紙が私にとっていかに重要かわかりますか。あなたの手紙を私はいつもポケットに入れて持ち歩いているのです。それなのに！」といった趣旨のことをフェリスに書いています。もちろん彼女はフルタイムで働いているので、彼の要望に応えようとすると、仕事を終えて帰宅してから夜中に手紙を書くことになる。すると今度は、「私ごときのために夜中に手紙を書くせいで、あなたの健康が害されるなんて、とても耐えられません！」といった具合です。いったいどうすればいいのか、困ってしまいますね。

ついでに、カフカの書いた手紙は、明らかにラブレターであって、相手のことがいかに好きかを切々と綴ったものなのですが、同時にラブレターとはとても思えないような奇妙な内容を含んでいます。恋文を書く人は、一般的には相手に好意を持ってほしいがために、自分のことを大きくみせようとしがちです。でも、カフカの場合はまったくの逆で、「私はこんなロクでもない人間なのです」と、マイナス面ばかりアピールしています。たとえば自分の容姿や体型、健康状態については、こんな具合です。

「私は自分が知っている中で一番やせた男です（これはちょっと自信あります。私はあちこちのサナトリウム[*2]を見て回っていますから）」

「要するに、ぼくの健康は自分一人にぎりぎり足りる程度しかなくて、結婚生活を送るには足りない。ましてや父親になるなど、到底無理な話なんだ」

ほかにも、カフカは、自分がいかに執筆活動のための時間を確保するのに苦労しているかを何度も訴えており、その証拠に、自分の一日の生活の細かい時間割をフェリスに書き送っています。

「最近ひどく衰弱しているせいで中断を挟むことはありますが、私の時間割は一ヵ月半前からこんな具合です。八時から二時または二時二十分まで職場。三時または半まで昼食。それから七時半まで睡眠（たいてい眠ろうとするだけに終わります［……］）。それから十分間、窓を開けて裸で体操。それから一人で、あるいはマックスと、あるいはまた別の友人も交えて一時間散歩。それから家族と夜食［……］。そして十時半に（下手をすると十一時半にようやく）腰を下ろして執筆に取りかかります。体力、気力、幸運と相談しつつ一時、二時、三時まで。朝の六時まで執筆していたこともあります。それからまた同じ体操。ただしやりすぎは禁物《きんもつ》です。体を洗って汚れを落とします。ちょっと心臓が痛み、腹筋がピクピク痙攣《けいれん》した状態で就寝。何とかして眠ろうとしますが、これは不可能への挑戦です。眠れないからです」

こんな手紙をもらってロマンティックな気持ちになる女性は、なかなかいないでしょう。さらに、カフカは自分が心の中に常に抱いていた「引きこもり願望」さえも正直に書いてしまっています。

「よく考えるんだけど、ぼくにとって一番いい生活スタイルは、文房具とランプを持って、トンネルみたいな隔離された地下室の一番奥のスペースにいることなんじゃないかな。食事を持ってきてもらうときは、ぼくのスペースからずっと遠く、地下室の一番外側の扉の前に置いておいてもらう。パジャマを着たまま、地下室の穴倉を次々とくぐり抜けて食事を取りにいくのが、ぼくの唯一の散歩になるってわけさ」

自分にとって最適な対人距離とは、「地下室」に閉じこもって相手と顔を合わせないことだ、というわけです。最愛の恋人に対して「結婚してください」とお願いしているというよりは、「結婚は無理です」と意思表示しているように読めますね。

こういう手紙を恋人に書き送りながら、カフカは『変身』を書いていたのです。先ほ

フェリスとの恋

1912年（29歳）

8月　マックス・ブロート家でフェリスと出会う
9月　**『判決』を一晩で一気に執筆**
10月　文通が始まる（1917年までに500通を超える手紙や葉書のやりとりが続く）
11月　**『変身』執筆**
12月　**『観察』刊行**

1913年（30歳）

4月　初めてベルリンにフェリスを訪ねる。彼女の父に求婚の手紙を書く
5月　**『失踪者（アメリカ）』の第1章『火夫』刊行**

1914年（31歳）

5月　フェリスがプラハに来る
6月　ベルリンで正式に**婚約**
7月　**婚約解消**
第一次世界大戦勃発
8月　**『訴訟（審判）』に着手**
10月　**『失踪者（アメリカ）』の最後の断章と『流刑地にて』完成**

1915年（32歳）

1月　フェリスと再会
12月　**『変身』刊行**

1916年（33歳）

7月　フェリスと過ごす。二人の仲が好転し、
戦争が終わったら結婚することを決意
11月　**『田舎医者』執筆**

1917年（34歳）

7月　フェリスと二度目の**婚約**
8月　肺結核で喀血
12月　再び**婚約解消**

フェリスとカフカ

どお話しした、妹のグレーテがグレゴールに食事を運んでくる設定は、カフカがフェリスに語る理想の（地下室）生活とよく似ています。

「あたりまえ」という巨大なハードル

このように、好きな女性にあえて嫌われるようなことばかり書いているうえに、カフカがやっかいなのは、手紙は頻繁に書くのに、自分から会おうとは言い出さない点です。一向に会いたいと言ってこないカフカに業《ごう》を煮やしたフェリスは、自分から「一度ベルリンで会いましょうよ」と誘います。しかし、カフカはなにかと口実を作って、なかなか会おうとはせず、ようやくベルリンで二人が再会したのは、最初の出会いから半年以上も経っていました。

いろんな意味で迷惑な男ですね。こんなに屈折した人と交際を続けられるフェリスという女性も、ただものではありません。精神的によほどタフか、あるいは細かいことにこだわらないスキルに非常に長けているタイプだったのでしょう。

フェリスのような（当時としては例外的に）生活力のある自立した女性になら、もしかすると自分の性格を受け止めてもらえるかも、とカフカはうっすら期待したのかもしれません。結局、文通を一年以上続けて膨大な量の手紙をやりとりしたのち、一九一四年六月に二人は晴れて婚約を交わすことになるのですが、この婚約はわずか一ヵ月後に解消されてしまいます。

けれども、フェリスへの想いを完全に断ち切ることはできなかったようで、婚約解消からほどなく文通を再開し、三年後に再び婚約を交わすことになります。しかし、直後に肺結核を発病したことで、またもや婚約解消。フェリスとの関係は終わりを迎えます。このときはカフカもさすがに涙を流したそうですが、これで結婚しなくて済むので安心した、というようなことを友人や妹への手紙に書いてもいます。

カフカは数年後、今度は彼と同じく結核療養中だったユダヤ人女性のユーリエ・ヴォホリゼクと、人生三度目の婚約を交わします。その後さらに、ウィーンで活躍する女性ジャーナリストで既婚者だったミレナ・イェセンスカーと恋に落ち、ユーリエと別れます。ミレナはプラハ出身のチェコ人で、当時ハプスブルク帝国唯一の女子ギムナジウムを卒業して大学の医学部に通ったこともあり、カフカの作品をチェコ語に翻訳したいとコンタクトを取ってきて、そのままカフカとの文通にのめり込んだのでした。しかし、この関係も、ミレナが夫と別れてカフカと再婚するには至らず、やがて終わりを告げます。

ついに結婚に踏み出せなかったカフカに対して、「いったいカフカは何にこだわっていたのだろう？」と疑問を抱く人も多いと思います。なぜカフカは愛する女性との結婚に踏み切ることができなかったのか。これにはさまざまな理由が考えられます。

まずひとつは、前章でお話しした「父親との確執」です。父親との窮屈な暮らしの中で居心地の悪さを常に感じていたカフカは、おのずと家族や家庭というものに嫌悪感を抱くようになり、自分が家庭を築くことに対しても夢をもてなくなっていたのでは——ということです。

もうひとつは、先にも少し触れたように、「文学」の重要性です。彼はもともと、仕事と文学を両立させるために時間のやりくりに苦労していましたから、そこに結婚という共同生活の要素がさらに加わることで、夜中に執筆時間をとることが不可能になるのではないかと恐れていたのです（だからこそ、自分には執筆に集中するための「地下室」が必要だと彼は考えていました）。

あるいは、もっと単純なことなのかもしれません。結婚するということは、大きな社会的責任を背負い込むことです。二人で暮らしてやがて子どもができれば、一家の主として家族を養っていかねばなりません。カフカの中には、そうした責任からできれば逃れたい、という気持ちも当然あったはずです。

カフカは、こうした結婚に対する疑問や恐れ、責任回避願望などを、フェリスとの交際中からずっと抱きつづけていました。だからこそフェリスへの手紙にネガティブな自己評価をわざと書き綴ったり、会いたい気持ちはあるのに、会うことをためらったりしていたわけです。カフカの中には、人並みに結婚して幸せな家庭を築きたいと望む自分と、そういうものから逃れたいと願う自分とがいて、二つの自己のせめぎ合いの中で常に苦悩していたと考えていいでしょう。

そのせいで、カフカには、普通の人が平気で越えられる「あたりまえ」のハードルが、とてつもなく巨大なものに見えていたのだろうと思います。そんな気持ちを、彼は『父への手紙』の中でこんなふうに表現しています。

「たとえばこんな感じです。一人目が低い階段を五段のぼるあいだに、二人目は一段しかのぼれない。少なくとも二人目にとっては、その一段は一人目の五段を合わせたのと同じ高さなのです。一人目は、五段クリアするだけでなく、あと何百段、何千段もクリアしていくでしょう。この人は充実した忙しい人生を送ることになるでしょう。しかし、この人にとって、自分が乗り越えてきた多くの段のどの一つも、二人目にとって最初の高い一段がもっていたような意味をもつことはない。全力をふり絞っても乗り越えられない一段。この段によじのぼることはできず、ましてや次の段に進むことなど無理な話なのです」

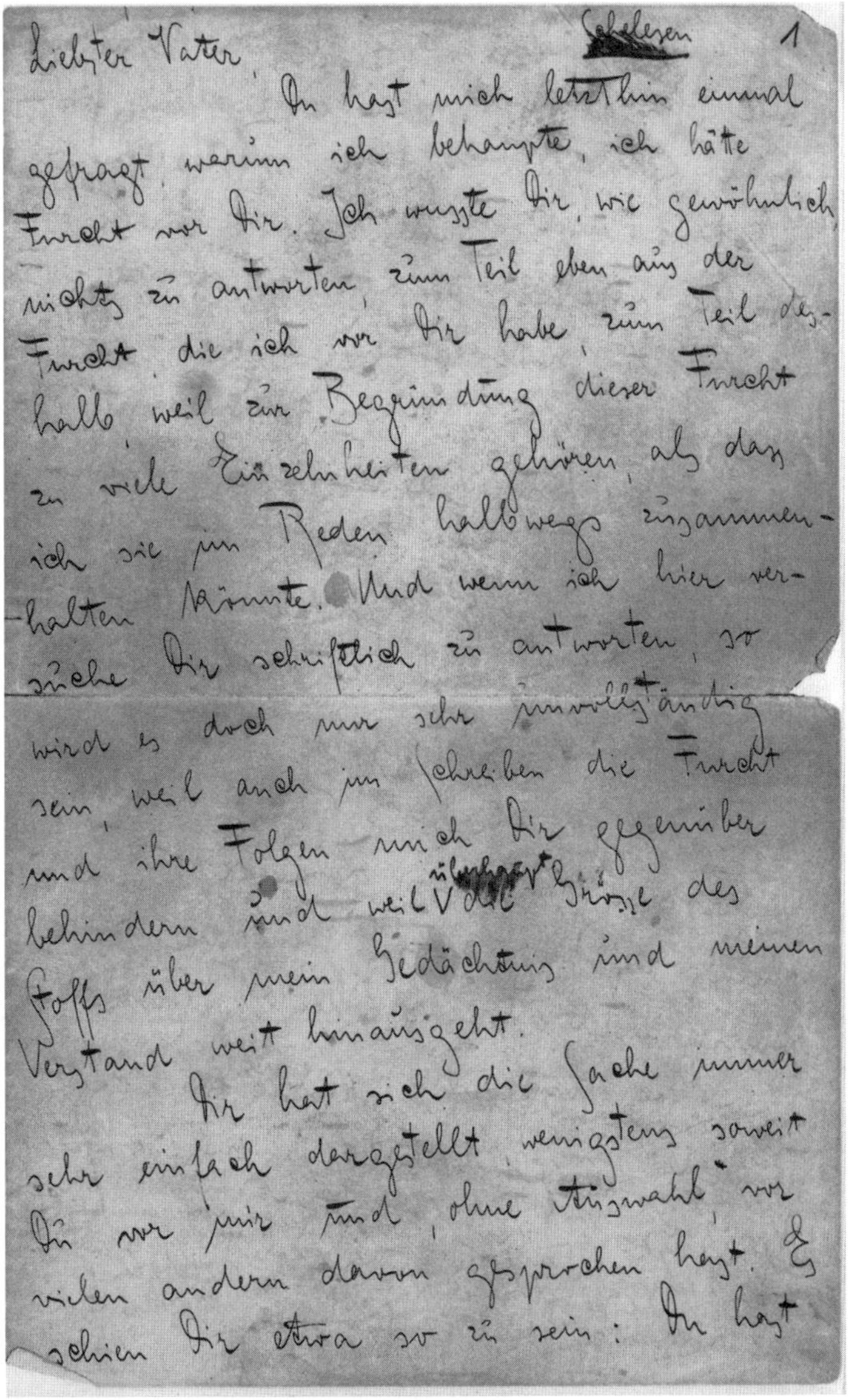
Schelesen 1
Liebster Vater
Du hast mich letzthin einmal
gefragt, warum ich behaupte, ich hätte
Furcht vor Dir. Ich wusste Dir, wie gewöhnlich
nichts zu antworten, zum Teil eben aus der
Furcht, die ich vor Dir habe, zum Teil des-
halb, weil zur Begründung dieser Furcht
zu viele Einzelheiten gehören, als dass
ich sie im Reden halbwegs zusammen-
halten könnte. Und wenn ich hier ver-
suche Dir schriftlich zu antworten, so
wird es doch nur sehr unvollständig
sein, weil auch im Schreiben die Furcht
und ihre Folgen mich Dir gegenüber
behindern und weil überhaupt die Grösse des
Stoffs über mein Gedächtnis und meinen
Verstand weit hinausgeht.
Dir hat sich die Sache immer
sehr einfach dargestellt, wenigstens soweit
Du vor mir und, ohne Auswahl, vor
vielen andern davon gesprochen hast. Es
schien Dir etwa so zu sein: Du hast

『父への手紙』の便箋一枚目、書き出し部分

「法律の門」の前でためらう男

「あたりまえ」のことをしたいのに、それができないことへの苦悩——それは、カフカの作品にも色濃く表れています。それが最も端的に表現されているのが『法律の前』という寓話です。この作品は一九一四年、フェリスと一度目に別れたあとに書かれました。短いストーリーの中に、カフカの苦悩のエッセンスが凝縮されている興味深い話なので、ここであらすじを紹介しておきましょう。

＊　＊

田舎から出てきたある男が「法律の門」の前で立っている門番に「中に入れてほしい」と頼みますが「あとでなら入れてやれるかもしれないが、今はできない」と断られてしまいます。諦《あきら》めきれずに、門の中の様子を覗き込んでいる男に向かって、さらに門番は「俺を無視して勝手に入ってもいいが、広間ごとに俺よりも強い門番がいることは覚悟しておいたほうがいい」と意味ありげに語ります。

それならば許可が出るまで待ったほうがよさそうだと思った男は、何十年ものあいだ、通してもらえるのをひたすら待ちつづけます。ときには門番を買収しようとしたり、しつこく嘆願したりしますが、許可はおりません。やがて、すっかり年老いてしまった男は、門の奥の暗闇に一条の光が輝いているのを見ます。死期が迫ったことを予感した男は、ふと、何十年も門の前にたたずんでいるのに、自分以外は誰もこの門を訪ねてこなかったことを不審に思い、「なぜ私以外、誰も入れてくれと言いに来なかったのか？」と、門番に最後の問いを投げかけます。その質問に門番はこう答えます。「他の連中など来るはずがないのだ。この門はおまえだけのための入り口だったのだから。さあ、門を閉めにいくことにしよう」と――。

＊　　　＊

寓話『法律の前』は、フェリスとの婚約と婚約解消の苦しみから生まれたと言われる長編『訴訟（審判）』の作中に組み込まれていて、「何も悪いことはしていない」のに逮捕された主人公ヨーゼフ・K《カー》が大聖堂の中で僧侶からこの話を語って聞かされ、その解釈をめぐって二人で延々と議論するというシーンがあります。カフカはこれ以降、このような謎めいた寓話作品をいくつも書いていて、それは『変身』のような、表面上はあくまでリアリスティックな筆致で書かれた小説作品とは異なり、いかにも「解釈してください」という雰囲気をまとっています。なので、ここではその誘いに乗ることにして、「法律の門」に入るとはいったい何なのかを考えてみたいと思います。

まず、門の中から射してくる「一条の光」という箇所で、おそらく多くの人が「宗教的な救い」といったものを連想するでしょう。カフカが求めて得られなかった宗教的・精神的な救済への渇望がここで表現されている、という解釈ですね。

ただ、カフカの人生、とくに女性たちとの関係を知ったうえで改めてこの寓話を読むと、暗闇の中で輝いている「光」は、むしろ「あたりまえの生活」が放つ輝きなのではないか、とも思えてきます。彼女と結婚して、自分の家庭を築いて、子どもをつくって、という充実した人生。カフカは、フェリスとそんな人生を歩む可能性を目の前にしながら、結局その一歩を踏み出すことができなかった。「あたりまえの生活」は自分にとってハードルが高すぎるけれども、しかし簡単には諦めきれない。ここで諦めたら、きっと人生の最後に、巨大な後悔が待っているのではないか——そんな葛藤が、この寓話には読み取れるのです。

改めて考えてみると、『変身』の第二章でもすでに、同様の葛藤が描かれていました。主人公のグレゴールは、虫に変身したことで、「あたりまえ」のこと（仕事に行くこと）

ができなくなってしまいますが、部屋に引きこもって、「あたりまえ」に生きるのを放棄したのと引き換えに、彼はつらい仕事漬けの日常生活からの解放を手に入れることになります。しかし、話はそこで終わりません。母と妹によって部屋から家具を運び出されていくのを見たグレゴールは「このまま、あたりまえのことを本当に諦めてしまっていいのだろうか？」と再び自問自答を始めてしまうのです。

「あたりまえ」に生きることも難しいが、それを諦めることもまた難しい――。そんな「あたりまえの難しさ」を感じたことのある人ならば、きっとこの第二章を読んで何か思うところがあるでしょう。

＊1　ニート
英国の政府機関作成の調査報告書に記された一文「Not in Education, Employment or Training」の頭文字を採って略した造語。「教育、雇用、職業訓練いずれにも参加していない十六〜十八歳」を意味するが、日本では厚生労働省が「十五〜三十四歳の年齢層の非労働力人口の中から学生と専業主婦を除き、求職活動に至っていない者」と定義している。

＊2　サナトリウム
空気の良い場所に建てられた、主に結核を療養するための施設。当時の医学が自然療法を推奨していたため、新しい理論と新しい療法を標榜するサナトリウムがヨーロッパ各地に開かれた。カフカは二十歳のときを最初に、好んでサナトリウムに出かけた。

第3章——居場所がなくなるとき

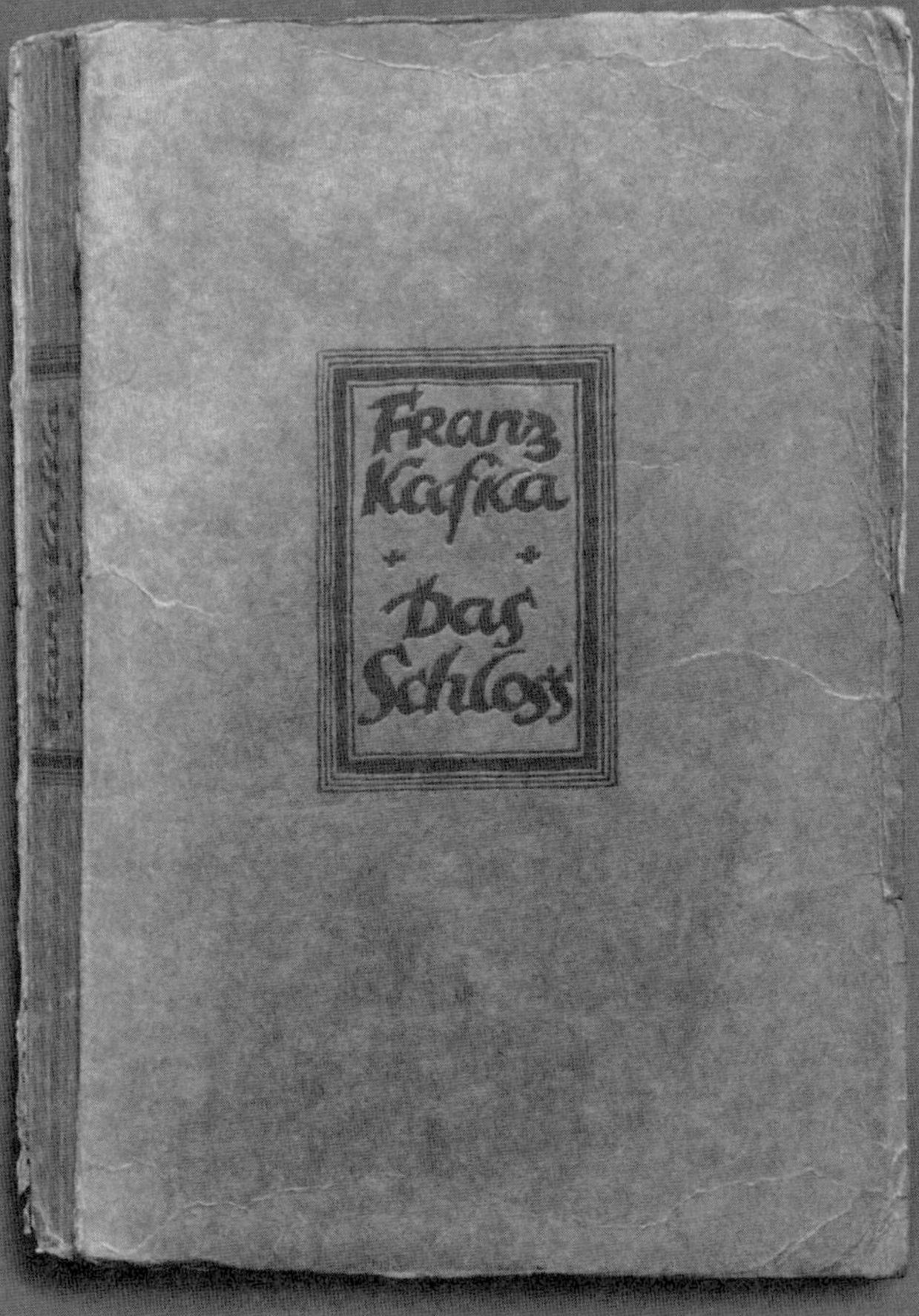

家族関係からの解放

前章で紹介した『変身』第二章は、グレゴールが父親にリンゴを投げつけられて、大けがを負ってしまうシーンで終わっていますが、その後のグレゴールはどうなったのでしょうか。それでは前章と同様に、第三章（最終章）のあらすじから見ていきましょう。

＊　＊

父親の投げたリンゴが背中に深く食い込み、大けがを負ったグレゴール。その後も傷は一向に治らず、食欲もなくなり、どんどん衰弱していきます。以前は部屋の中を這い回ることが楽しみだったのに、今は体力もすっかり衰えて、満足に動くことすらできません。

しかし、けがをしたのをきっかけに、グレゴールにはうれしい出来事がひとつだけありました。家族がけがをしたグレゴールを哀れに思ったのか、日が暮れると彼の部屋とリビングを隔てていたドアを、少しだけ開けてくれるようになったのです。その日以降、薄暗い自分の部屋の中で身を潜めながら、リビングにいる両親と妹の姿をこっそり眺めるのが、彼の唯一の楽しみになりました。

グレゴールが変身してすぐのころ、じつは一家に多少の貯蓄があることが判明したのですが、利子で生活できるほどではないので、父は銀行の用務員、母は内職で下着を縫うお針子、妹は店員として働き始めます。それでも家計は苦しく、少しでも出費を抑えるために、今までの住み込みのメイドを解雇し、雑務だけをやってくれる年配の家政婦を雇います。さらに、空いている部屋をシェアルームとして三人の男性に貸し出すようにもなりました。部屋を貸すために邪魔な家具類は、すべてグレゴールの部屋に運び込まれたため、彼の部屋は、いつしかホコリだらけの薄汚い物置と化していきます。

ある日の晩、食後にリビングでくつろいでいた間借り人たちに、妹がバイオリンを聴かせているのを知ったグレゴールは、演奏をもっと近くで聴きたくなり、部屋から這い出てリビングへと向かいます。彼の姿を見た間借り人たちは驚いて「こんな気味の悪い家にはもう居られない。私たちは即刻部屋を出て行くつもりだし、今までの下宿代も払わない」と宣言します。この出来事に家族は落胆し、妹はついに「あれ（虫けら）はグレゴールじゃない」と言い始め、グレゴールとの絶縁を主張。父もそれに同意します。

重い身体を引きずりながら自分の部屋にひとり寂しく戻ったグレゴールは、暗闇の中でもうまったく動けなくなってしまいました。そして明け方、誰にも見守られることなく静かに息を引き取ります。彼の亡骸《なきがら》は出勤して来た家政婦によって発見され、さっさとゴミとして片付けられてしまいます。

グレゴールがいなくなったことを知った家族は、ほっと胸を撫で下ろし、その日は三人とも仕事を休んで、電車に乗って郊外にピクニックにでかけることに。久しぶりに訪れた平穏な時間を満喫しながら、いつの間にか美しい女性に成長した娘を見た両親は「そろそろいい婿を探してやらねば……」と、明るい未来に思いを馳せます。

＊　＊

グレゴールは、結局人間の姿に戻れないまま、ひとり寂しくこの世を去ることになるわけです。おまけに最後のシーンを見ると、家族は彼の死を嘆き悲しむどころか「ようやく悩みから解放された」と喜んでさえいます。家族にとってはともかくも、グレゴールにとっては救いのないエンディングです。

第二章では、姿形は変われども「虫けら」は兄、あるいは息子であるという意識を家族はまだもっていたはずです。部屋の中を這いずり回ることに喜びを感じるグレゴールを見て、「家具を部屋から運び出して、もっと自由に動けるようにしてあげよう」と妹や母親が考えたのを見ても、それは明らかです。
しかし、第三章になると、家族のグレゴールに対する態度の変化が露骨になってきます。たとえば、第二章では兄であるグレゴールにそれなりに愛情をもって接していたはずの妹の態度が、第三章ではこんなふうに変化しています。

今では妹は、何をあげたらグレゴールを特に喜ばせられるかを考えたりもせず、朝と昼に店へ駆けてゆく前に大急ぎで、ありあわせの食べ物をグレゴールの部屋に足で押し込む。夕方には、その食べ物がせめて味見くらいはしてあるか、それとも（一番よくあることだが）一切口をつけていないかには頓着せず、ホウキの一振りで外に掃き出す。妹が部屋の掃除をしてくれるのは今では必ず晩になってからだったが、これ以上ない速さだった。壁際では汚れが帯状になり、そこかしこでホコリや汚物が玉になって転がっていた。

仕事が忙しくなった妹にとって、グレゴールの存在が徐々に疎《うと》ましいもの、厄介者《やっかいもの》へと変化していったことが分かります。両親も同様で、仕事が忙しくなるにつれてグレゴールのことよりも、自分たちの生活へと興味や意識が移っていきます。つまり、時間の経過とともに、それまで内側にばかり向かっていた家族の意識が、徐々に外へと向かい始め、それと同時に家族間の結びつきが希薄になっていったのです。そう考えると、第三章では、「家族の解体」の瞬間が描かれていると言えます。

「家族の解体」というと、マイナスのイメージを持つ人も多いでしょうが、必ずしも否定的に捉えるべきではありません。これに関連して、カフカの時代には、近代的な「家族」のありかたへの批判がブームになっていた、ということを視野に入れたいと思います。

もともと、近代以前のヨーロッパでは、三世帯同居や親戚一同で一緒に住むのが一般的で、家族は労働生産（農業や家内制手工業など）の場としても機能していました。つまり、外に開かれた集団だったとも言っていいでしょう。しかし近代に入り、男女の性別役割分業や核家族化が進むにつれ、家はプライベートな空間へと変化し、家族の関係性も濃密になっていった。つまり、親子や夫婦のこまやかな情愛の価値が高まっていったのです。——改めて考えてみると、父親とカフカが対立するようになったのも、家族の関係性が濃密になりすぎた結果でもあります。そこに息苦しさを感じていたのはカフカだけではなく、さまざまな人がさまざまな立場から、家族批判を提起する事態になっていたのでした。

ちなみにカフカは、ブロートをはじめ男友だちと頻繁に山歩きに出かけ、休暇のたびに家族と離れて、各地の健康保養所に出かけ、自然を楽しんでいました。その背景には、やはり近代の家族形態に対する疑問があったものと思われます。こうした「自然に親しむ」活動は、当時のドイツやオーストリアではワンダーフォーゲル運動[*1]を中心に、非常に盛んでした。ワンダーフォーゲルというのは、単なる山歩きではなく、仲のいい男同士が自然の中で過ごすことで、家庭生活からの解放を目指すという意味合いもあったのです。

グレゴールが虫けらになったことをきっかけに、経済的窮地に追い込まれた家族は、それぞれ仕事を持つようになる――。それはイコール、労働の場から切り離されて閉じていた小市民的な家族が、再び外に向かって開かれていくことを意味します。それは「家族の解体」であると同時に、「解放」というポジティブな意味のことがらでもあったのです。

「居場所を失う」ことへの不安と期待

もちろんこの「解放」は、彼が家族の中で「居場所を失う」過程とセットになっているわけですから、グレゴールにとっては残酷なものです。虫けらに変身して部屋から出られなくなったグレゴールが、「社会における居場所」と「家庭における居場所」の両方を順番に失っていくプロセス。それが『変身』のストーリーなのです。最後に彼がたどり着くのは、「どこにも自分の居場所がない」という状況です。

思い返せば、私たちは、さまざまな局面で、さまざまなきっかけで、「居場所を失う」という事態に遭遇します。病気やけが、学校・職場でのいじめ、リストラ、金融危機、自然災害、テロ、戦争――。二〇一一年の東日本大震災と福島の原発事故により、多くの人が強制的な移動に直面したことは、十年以上が経過した今もまだ私たちの記憶に新しいですし、その事態は今も進行中です。

カフカという人は、この「居場所を失う」ことへの関心を、もともと強くもっていました。その理由としてまず考えられるのが、民族差別です。これには、当時のユダヤ人を取り巻いていた社会情勢が深く関係していますから、以下、歴史の流れを振り返りながら、当時の状況を説明しておきましょう。

カフカが生まれ育ったハプスブルク帝国の一部であるボヘミア（チェコ）では、もともとはドイツ語が公用語と定められていました。しかし、十九世紀の中ごろになると、この地域の工業化にチェコ系市民が大きな役割を果たしたこともあって、チェコ語を話すチェコ系民族の勢力がしだいに強くなってきて、最終的にチェコ語はドイツ語と対等な公用語として認められるに至ります。しかし、それに反発したドイツ系市民の主張によって揺り戻しが起こり、今度はチェコ系の怒りを招きます。こうして、やがてはチェコ系の人々が暴動を起こす事態にまで発展していったのです。

カフカの生まれたプラハでは、ドイツ語を話す人々の半数以上がユダヤ人だったため、チェコ系民族の反ドイツ感情はしだいに反ユダヤ主義[*2]に結びつき、民族間の感情は少々偏った形で悪化していくことになりました。カフカも十代のころに、すでにプラハでの暴動を体験していましたので、自分たちドイツ系ユダヤ人がチェコ系民族の憎しみの対象になっているのをはっきりと自覚していたはずです。その過程で、彼は自分がユダヤ人だということを、いわば強制的に認識させられたのです。

一方では、自分たちユダヤ人は「何も悪いことはしていない」という感情が当然あったはずですが、しかし他方では、（第1章でお話ししたように）裕福な家庭で何不自由なく育ったカフカは、貧困に苦しむ人々に対して後ろめたい意識を抱いていたのでしょう。そのため彼は、たえず心のどこかで、「いずれ自分たちの居場所はなくなって、どこかに移っていかねばならなくなるのでは」という不安を感じるようになったのだと思われます。

ただし、改めて確認するなら、カフカにとっては、そうやって自分の居場所がなくなることは、自分が息苦しさを感じているものからの「解放」でもありました。ですから、「居場所を失う」ことへの彼の不安は、ある種の期待と常にセットになっています。

東方ユダヤ人への憧れ

カフカが漠然と抱いていたその期待を具体化してくれたのが、一九一一年にガリツィア（ウクライナ南西部）からプラハにやってきた劇団でした。この劇団は場末《ばすえ》のカフェなどを回る、うらぶれた旅回りの一座だったようですが、彼らがイディッシュ語*3を用いながら演じる舞台の素朴さと身体表現の豊かさにカフカは感動し、連日のように公演に足を運びました。

カフカは、自分のように西欧社会にすっかり同化してしまった「西方ユダヤ人」とは違い、イディッシュ語を話す「東方ユダヤ人」は、ユダヤ人ならではの民族的・宗教的な習慣や伝統を保持している人々だと考えました。そして、彼らに自分のルーツを重ねるとともに、憧れに似た気持ちを抱いていたのです。おそらく彼は、たえず各地を転々としながら生きているイディッシュ語劇団の人々に、「居場所を失う」ことと「軽やかに生きる」ことの両立を見たのでしょう。

また、これは『変身』を書いた後のことになりますが、第一次世界大戦中に、ロシア

カフカのプラハ（プラハ旧市街）

カフカの人生のほとんどは、プラハの旧ゲットー（ユダヤ人地区）を含む旧市街内部において繰り広げられた

クラウス・ヴァーゲンバッハ著・須藤正美訳『カフカのプラハ』（水声社）を参考に作成

① **カフカ生家**
▼
② **一家の住居（1888～89）**
▼
③ **一家の住居（1889～96）**
▼
④ **一家の住居（1896～1907）**
ギムナジウム4年生から大学卒業まで
▼
❺ **一家の住居（1907～13）**
ここで『変身』執筆
▼
⑥ **一家の住居（1913～）**
⑦ **カフカが初めて一人暮らしをした家（1914）**
『訴訟』の執筆に取りかかる
▼
⑧ **カフカが住んだ家（1915～1917）**
1917年の肺結核発病後に両親の家⑥に戻る

現在の旧市街広場付近

軍の侵攻にともない、東方ユダヤ人たちが難民としてプラハなど都市部に大規模に流入してきたことも、カフカにとっては重要な体験でした。カフカだけでなく、彼の友人たちも、同じユダヤ人として何らかのアクションを起こさなければならないと考え、その多くが難民救援のボランティア活動に参加しています。

　ちなみに、ソーシャルワーク（社会福祉活動）やボランティア活動は、イギリスやアメリカでは早くから盛んでしたが、ドイツやオーストリアではまだまだ一般には浸透していませんでした。第一次世界大戦後、その状況は大きく変わり、ソーシャルワークの組織化が大幅に進むことになります。当時、やはり大規模に東方ユダヤ人が流入していたベルリンでも、一九一六年にユダヤ系ソーシャルワーク団体が発足しました。そのことを知ったカフカは、ベルリン在住のフェリスに、難民支援のボランティア活動に参加することを強く薦めています。「難民を助けてあげる、という上から目線ではなく、自分のために参加するという気持ちを持つべきだ。おそらく彼らにかかわることで、私たち自身が救われることになる。いや救われるとは言えないまでも、少なくともその入り口には立てるはずだ」といった趣旨の熱っぽい手紙を、彼女に何通も送っています。

　しかし、いかにもカフカならではの態度ですが、彼女にはそう言っておきながら、自分自身については、「ぼくには健康面でも精神面でも、そういう活動に参加する資格はないと思う」と述べていました。参加したいという彼の気持ちは本物なのですが、どうしても行動に移すことができなかったので、自分の代わりにフェリスに参加してもらいたいと考えたのです。

戦争が終わったあとの一九二〇年にも、アメリカへの移住を希望する東方ユダヤ人たちが百人ほどプラハにやって来ます。渡航ビザを申請するもののなかなか発行されないため、彼らはユダヤ公会堂のホールを仮宿泊所として長期滞在していたことがありました。当地で決して歓迎されず、それどころか反ユダヤ主義者の襲撃の危険にさらされながら、それでも前向きに生きている彼らの姿を見て、カフカはまた強い感銘を受けます。

東方ユダヤ難民・移民へのカフカの思いは、先ほどの旅回りの劇団に対する思いと共通しています。こうした人々は、戦争や迫害や経済状況の悪化などで生活の基盤を失い、移動する状況に追い込まれながらも、したたかに生きつづけ、新しい居場所を求めつづけている。――そこにカフカは、「自分もいつ同じ状況に追い込まれるかもしれない」という不安と、「自分もそうありたい」という憧れを同時に抱いていたのだと思われます。

『変身』と対極にある『城』

『変身』の約十年後に書かれた『城』を読むと、こうした人々との出会いを経たうえでのカフカの意識の変化がよく分かります。『城』は、他の二つの長編と同様、未完成のまま残された原稿を、作者の死後に友人ブロートが編集して出版した小説です。文庫本にして約六百ページもの長編作品なので、あらすじをきちんと紹介するのは難しいのですが、手短にまとめると、こんな具合です。

＊　　＊

ある冬の晩、主人公K《カー》は雪深い村にたどり着きます。とりあえず見つかった宿の食堂の片隅で眠ろうとしますが、「村に泊まるには、城の伯爵の許可がいる」と告げられます。そこで彼はとっさに、自分は伯爵の依頼を受けてきた測量士だと名乗ります。人々が電話で城に問い合わせてみたところ、なぜか彼は正式に測量士と認められます。翌朝、彼は城へと向かおうとしますが、城はすぐそこに見えているのに、なかなかたどり着くことができません。そうこうするうちに、Kの（前々からの）助手だと名乗る謎の二人組の男が現れます。二人の助言にしたがい、ひとまず城の執事に電話で連絡をとりますが、城には「来なくていい」と言われてしまいます。

その後も村に滞在しながら、なんとか城とコンタクトを取る方法はないものかと模索するK。しかし、城のまわりには複雑な官僚体制のような権力構造が渦巻いていて、一筋縄では城にたどり着けそうにありません。村にいるあいだ、Kの前にはさまざまな出来事が起こります。小役人の典型のような村長に翻弄《ほんろう》されたり、宿の酒場で働く女フリーダと恋に落ちたり、彼女といっしょに村の学校を避難所にして泊まり込んだり——。しかし、いつまでたっても一向に城へ入ることも、村での滞在許可を得ることもできないまま、日々が過ぎていくのです。

＊　＊

この作品を編集したブロートは、「城に入る」ことは宗教的な救いにたどり着くことの象徴だと解釈しました。それ以来、「なかなか城にたどり着けない」状況が描かれている作品と理解されがちですが、主人公Kの関心は、城に入ることよりも、むしろ城を取り巻く村に「居座りつづける」ことにあるように見えます。物語の進行につれて、K

の行動は、城にまつわる権力構造をどれだけ自分の中に取り込むか、どうやって村人に自分の存在を認めさせるかを目的とした陳情や根回しに収斂《しゅうれん》していきます。この作品のテーマは「あつかましさ」である、あえて「あつかましい」態度を取りつづけること自体だと言った人もいます。ここに描かれているのは、ある意味で、剝《む》き出しのエゴイズムです。

『変身』の主人公グレゴールの場合、自分の居場所を失ったとき、あっさりと生命まで奪われ、ゴミとして処分されてしまいますが、『城』の主人公Kは、居場所を失いながらも「あつかましく居座りつづける」という道を選択します。その意味で『城』は、『変身』に通じるシチュエーションを描きながら、ベクトルは逆の作品と言っていいでしょう。『変身』を書き上げたあとに、東方ユダヤ難民や移民たち――歓迎されないまま、自分の居場所を求めて闘っている人々――と接する中で、カフカの意識が少しずつ変化していった様子が、この二作品を読み比べるとよく分かります。

『城』はカフカの小説のうちでも最も長い作品です。書き上げる前に力尽き、やがて結核が悪化してこの世を去ることになりますが、カフカにとってこの作品は、エンディングにたどり着くのが目的ではなく、延々と書きつづけることこそが目的だったのかもしれません。物語を書きつづけている限り、主人公のKは村に滞在できるわけですからね。居場所を失った主人公を、いつまでその場所に居座らせることができるか――カフカは、死に至る病を抱えながら、それに挑戦したのです。

「時代の必然」として生まれたカフカの小説

これまでは『変身』の各章ごとの内容を、時代背景や他の作品との関連の中で見てきたわけですが、そろそろまとめとして、カフカが小説を書くことを通じて、どんな課題に取り組んでいたかを考えてみましょう。

幼いころから文学に興味を持っていたカフカは、フローベール[*4]、ディケンズ[*5]、ドストエフスキー[*6]などに代表される十九世紀のリアリズム小説を愛読していました。リアリズム小説とは、現実の市民社会の日常や一般市民の生活を題材にした小説のことで、「市民の世紀」と呼ばれる十九世紀に大々的に開花したジャンルです。このタイプの小説は、客観的な描写を得意とし、社会の中で生きる人間の姿をリアルに描き出すことを通じて、ヒューマニズム的な価値観――「あたりまえ」の人間のかけがえのなさ――を表現しました。その流行は、市民社会における自由主義と民主主義の拡大に歩調を合わせており、「人間はどう生きるべきか」「社会のあるべき姿とは何か」といった問いにヒントを与えることが小説に期待されていたことを示しています。

ます。

『変身』だけでなく、カフカの小説（とくに三つの長編小説）は、こうしたリアリズム小説の影響を強く受けています。カフカ自身もそのことを強く意識していて、自分の長編構想『失踪者（アメリカ）』はディケンズの模倣にほかならないと言ったりもしています。

ところが、カフカの時代（十九世紀末から二十世紀初頭）は、ちょうどリアリズム小説という表現方法に行き詰まりが見え始めていた時期です。もともと、リアリズムの手法で小説が書かれ、読まれる前提には、「社会とはこういうものである」という、ある種の共通了解がなければなりません。しかし、カフカの生きた時代には、「社会とは……」という見通しを得ることが、しだいに難しくなってきていました。加速する都市化や工業化の一方で、宗教に代表される伝統的な価値観やライフスタイルがどんどん解体し、何が正しいのか分からない、価値観の中心軸を欠いたまま物質的な富だけが（一部の人のもとに）蓄積されていくという状況が現出する。それでも経済成長が続いているあいだはまだいいですが、不況に突入すると、とたんに自由主義や民主主義の限界が見えてくる――。ニーチェの「神は死んだ」という言葉は、その状況を的確に言い表したマニフェストです。そんな閉塞感に満ちた時代の中で、それまでのリアリズム小説は、しだいに共感を得るのが難しくなっていきます。

そこでヨーロッパの文学界では、これに代わる新しい文学を作ろうという動きが、同時多発的に見られるようになっていきました。こうした動きを、全体として「モダニズム」と呼ぶこともあります。フランスの作家マルセル・プルースト[*7]やアイルランド出身の作家ジェイムズ・ジョイス[*8]らがその旗手です。彼らは、十九世紀作家たちが注目した「現実の社会」とはまた異なる、人間の内面や意識、さらには無意識や、人々の集合的な無意識としての神話・伝説などにも注目し、それまでとは違う文学表現を開拓していきました。

カフカもそうした新しい地平を切り拓《ひら》こうとした作家のひとりです。ただし彼の場合、きわめて斬新な手法を導入したジョイスやプルーストとは、やや方向性が異なっています。ジョイスやプルーストは、たとえば「意識の流れ」という手法を得意としました。これは、個人の内面・主観にスポットを当て、心の中で浮かんでは消えていく思いを次々と記述するというもので、十九世紀のリアリズム小説でよく採用された、「神の視点」から客観的現実を描き出そうとする手法などとは対極にあります。そのため、ジョイスやプルーストの作品を読めば、それまでのリアリズム小説とはまったくの別物だという印象を受ける人が多いでしょう。それに対してカフカの『変身』は、スタイル的には意外と「古い」感じで、一見すると従来のリアリズム小説の書き方をそのまま踏襲しています。

このようなカフカの立ち位置については、「リアリズムと表現主義の中間にいる」という言い方がされることがあります。表現主義というのは、二十世紀の初頭のドイツで複数のジャンルにまたがる幅広い潮流となった芸術運動で、既存の社会と芸術のありかたを否定する前衛的な性格を持っています。ここでは、イメージしてもらいやすいように、絵画を例にとってご説明しましょう。

たとえば、カンディンスキー*9という人がいます。彼はもともと写実的な絵画を数多く描いていましたが、徐々に手法を変え、印象派*10のような点描画を経て、抽象的な絵画に移っていきました。彼が一九〇八年の夏から好んで滞在した南ドイツの保養地ムルナウで描いた風景画は、当初は少なくとも「何を描いているか」自体は明らかでした。

けれども、この地で彼の絵は、具体的な対象から離脱し始めます。彼がやがて本格的に手がけるようになった抽象画は、もはや具体的に何を描いているのかさっぱり理解できません。さまざまな色や線が使われ、何らかの形は描かれているのですが、はっきりした「意味」を持つものは、そこにはない。「この絵でカンディンスキーは何を言いたかったのか」「どんなメッセージが込められているのか」といった問いを立てることは、不可能ではないでしょうが、あまり生産的ではないと思います。

カンディンスキー「ムルナウ近郊の鉄道」1909年（ミュンヘン市立美術館蔵）

カンディンスキー「コンポジションⅦ」1913年（モスクワ、トレチャコフ美術館蔵）

カフカが『変身』を書いた一九一二年は、カンディンスキーが表現主義の画家たちと、ドイツのミュンヘンで芸術雑誌「青騎士」を刊行した年です。画家たちがリアリズムからの離陸を模索していた移行期に、カフカは文学のジャンルで同じ移行を試みていたと言えるかもしれません。彼の作品は、ありきたりの市民の家庭が舞台で、そこで描かれる事物の輪郭は、ごくはっきりしています。——ただ、そこに「主人公が虫けらに変身する」という超現実的な要素をいきなり投げ込み、それに対する「意味」や「理由」をすべて削り取ってしまったところが、カフカのカフカたるゆえんなのです。

存在のあやうさ

以上のように、カフカの時代の歴史や文化の流れを振り返ってみると、作品から「意味」を欠落させたまま書くという彼ならではの手法が、時代の流れの中から必然的に生まれたものであることが分かります。

「神が死んだ」時代の現実の不確かさ、自己の存在のあやうさについて、多くの作家が作品を通じて自分なりの表現を与えようとし、ときには解決の糸口をつかもうと努力してきました。カフカもその流れに掉《さお》さしていたことは確かでしょう。最初の作品集『観察』に収録された『木々』という短い作品は、彼が抱いていた存在の不確かさ、あやうさの感覚を、よく表現しています。

「だって、ぼくたちは雪の中の木の幹みたいなものなんだから。一見、つるつるの表面にのっかっているだけのように見えて、ちょっと突いたら動かすことができそうだ。いや、そんなことはできない。木々はしっかり地面に根を張っている。だけど、やっぱりそれも、そう見えるだけなんだ」

何が本当で、何が正しいことか分からない状況は、基本的に苦しいものです。しかし、カフカはその不確かであやうい状況を、そのまま忠実に描き出しました。いわばカフカは、小説の中で問いを投げかけるだけ投げかけて、その答えを出すことを避けたのです。彼はきっと、「この混沌とした時代に、正しい答えなどどこにもない」という感覚を強く抱いていたのでしょう。カフカは晩年、「八つ折り判ノート」（小型サイズのノート）を日記や創作メモとして使っていましたが、その一箇所には、先にも少しご紹介したこんな記述が見られます。

「ぼくは、キルケゴールがやったように、もう凋落しつつあるキリスト教の手に導かれて生命にたどり着いたわけではないし、シオニストたちのように、吹き飛ばされていくユダヤ教の祈禱用マントの裾にすがりついたのでもない。ぼくは終わりか、始まりだ」

カフカは、自分が置かれた状況にかなり自覚的でした。すべての人に共通する人生の答えなどはありえないし、ペシミスティックに考えるならば、絶望から抜け出すための出口すらどこにも存在しない。そういう状況下で、全部諦めてしまったのが『変身』の主人公であり、出口は見つからないけれど、そこに居座ってしたたかに生きる道を選んだのが『城』の主人公なのです。

次章では、以上で見てきたようなカフカの文学と、今の時代との関わりを考えていきたいと思います。

＊1　ワンダーフォーゲル運動
十九世紀後半に始まったドイツの青年活動が起源で、ドイツ語で「渡り鳥」を意味する。資本主義の高度化により生まれた社会矛盾に対し、青年たちが自由の精神や人間性の尊重を掲げて、山野を自由に歩き回るなどの野外活動を行なった運動のこと。後に全ドイツに広まっていった。

＊2　反ユダヤ主義
ユダヤ教徒およびユダヤ人を差別・排斥しようとする考え方。古くは宗教的理由から聖書時代よりみられるが、とくに中世キリスト教社会において衣服と居住区（ゲットー）が決められるなど、迫害と差別が進んだ。十九世紀になると、ユダヤ人解放が進んだ反面、経済的・人種的理由に基づく新しい反ユダヤ主義が出現した。

＊3　イディッシュ語
十三世紀以降、キリスト教徒による迫害を逃れて東欧に移住したユダヤ人によって形成された言語。中世の高地ドイツ語（ドイツ南部の方言）を基礎とし、ヘブライ語、スラブ語などの要素を取り入れて発達した。現在でもイスラエルの一部などで数十万人のユダヤ人に使用されている。

＊4　フローベール
一八二一〜八〇。フランスの小説家。精密な考証に基づく客観的な描写により、リアリズム（写実主義）文学を確立した。『ボヴァリー夫人』は、その記念碑的作品。

＊5　ディケンズ
一八一二〜七〇。イギリスの小説家。ジャーナリスト経験を活かして小説を書いた。巧みなストーリー・テリングと人物造形で下層市民の哀歓を描いた。『デイヴィッド・コパーフィールド』『二都物語』など。

＊6　ドストエフスキー

一八二一～八一。ロシアの小説家。『貧しき人々』で作家として出発、十九世紀末期のロシア社会の諸相を背景として、人々の心理的葛藤や苦悩を描き、人間存在の根本問題を追究した。『罪と罰』『悪霊』『カラマーゾフの兄弟』など。

＊7　マルセル・プルースト

一八七一～一九二二。フランスの小説家。人間存在と外界との相関、意識や記憶の本質をテーマに、独創的な手法で過去を再構成する大作『失われた時を求めて』が代表作。二十世紀前半の新心理主義小説の最高傑作といわれる。

＊8　ジェイムズ・ジョイス

一八八二～一九四一。アイルランド出身の小説家。モダニズム文学の代表者。大胆な手法を用い、言語の前衛的実験によって人間の意識を追究、以後の文学に大きな影響を与えた。『ユリシーズ』『フィネガンズ・ウェイク』など。

＊9　カンディンスキー

一八六六～一九四四。ロシアの画家。法律の勉強を捨て、ドイツで絵画を学び、ベルリンの分離派展やパリの展覧会に出品。その後、表現主義画家たちによる芸術家サークル「青騎士」を組織して（同名の雑誌も刊行）抽象芸術を開拓、抽象絵画の創始者とされる。

＊10　印象派

十九世紀後半のフランスに起こった絵画を中心とする芸術運動。写実主義から抽象主義へ変化する段階に位置し、感覚や印象を重視した光あふれる斬新な描法が特徴。マネ、モネ、ドガ、ルノワールなどがその代表。ヨーロッパ、アメリカのみならず、日本の画界にも多大な影響を与えた。

第4章——弱さが教えてくれること

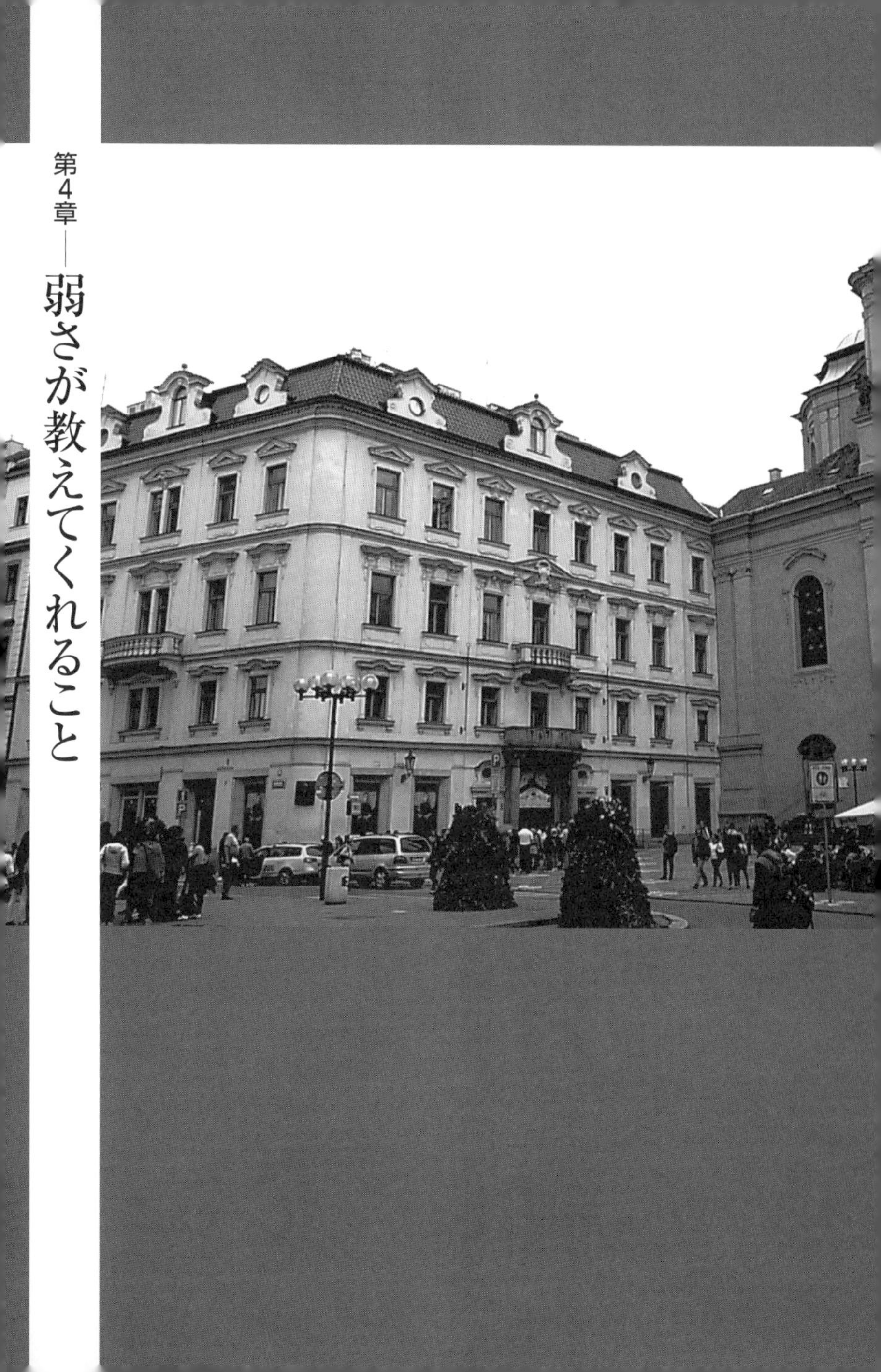

病気と死

これまでは、カフカの代表作である『変身』と作者の人生についてお話ししてきましたが、晩年のカフカに関してはほとんど触れてこなかったので、この章ではまず、カフカの病気と死について触れておこうと思います。

カフカは一九一七年、三十四歳のときに結核を発症し、四十歳でこの世を去りますが、彼は発病する以前から健康状態に常に不安を抱えていたようです。手紙や日記の中には、身体や健康の悩みが多く綴られており、一九一一年の日記にはこんな記述が見られます。

「ぼくが前に進むのを妨げている主な要因は、ぼくの身体の状態だ。こんな身体では何も達成できない。〔……〕ぼくの身体は、虚弱なわりに細長すぎるのだ。あたたかな体温を生み出したり、内なる火を蓄えたりするための脂肪が少しもない。これでは精神は、その日暮らしで露命をつなぐのにぎりぎりの栄養しか摂取できない。心臓は弱く、最近よく刺すように痛む。どうすればこの心臓が、この細長い脚のすみずみまで血液を行きわたらせることができるというのだ」

こんな具合に、彼の日記や手紙は、身体に関するネガティブな嘆きのオンパレードです。また、「死に至る病を抱え込んでいる人間」というのが、彼の作品の重要なテーマでもあります。たとえば『変身』には、父親に投げつけられたリンゴが背中に食い込み、それが原因で亡くなる主人公が描かれています。『田舎医者』という短編作品にも、脇腹に傷を負い、ウジ虫に身体が蝕《むしば》まれていく若者が登場します。共通するのは、身体の中に異物が入り込んできて、やがては衰弱して死に至るというイメージです。その根底には、カフカが若いころから抱きつづけてきた罪悪感や自己処罰の願望があるようにも思えますが、本当の理由は分かりません。

こうしたことから、カフカといえば病弱な人の姿をイメージしがちですけれども、実際のカフカは普通の人より痩せてはいたものの、それほど身体が弱いわけではなかったようです。実生活においての彼は非常に活動的で、ギムナジウム時代にはボート、大学時代はテニス、社会人になってからも体操や水泳など、身体を動かすのが好きでした。病気になってからも、死ぬ間際まで執筆活動を精力的に続けていましたし、療養中にもかかわらず、複数の恋愛も経験しています。

ここで、病気になってからのカフカの暮らしぶりを、簡単に振り返っておきましょう。医者から結核と診断されたカフカは長期休暇をとり、妹のオットラが農地を借りていたチューラウという村で、八ヵ月間の療養生活を送ることになります。もともと仕事が大嫌いだったカフカにとって、病気療養という理由で会社を休めるのは願ったり叶ったりのことでした。のちに彼は、この八ヵ月間の休暇のことを「人生で最も安らぎに満ちあふれた時間だった」と語っています。

その後、職場復帰と療養のための休暇を幾度となく繰り返すことになったものの、病状はまださほど深刻ではなかったようです。ちなみにこの時期には、結核療養中だった女性ユーリエ・ヴォホリゼクや、既婚のジャーナリスト、ミレナ・イェセンスカーとの恋愛を経験しています。

結核が発症して六年目の一九二二年、病状が悪化したのを機に、十年以上勤めた保険局を退職し、年金生活者となります。しかし、文学と恋愛に対するエネルギーはまだ失ってはおらず、あいかわらず執筆活動に打ち込みつつ、今度は二十五歳のドーラ・デュマントという女性と恋に落ちました。

彼女は東方ユダヤ人で、前章でお話ししたベルリンのソーシャルワーク団体で働いていた人です。この団体は難民の子どもたちに教育と職業訓練を提供する活動をしており、その臨海学校をカフカが参観しにきた際に二人は出会いました。結婚にこそ至りませんでしたが、カフカは彼女とベルリンで同棲生活を送るべく、長年暮らしたプラハをついに離れます。しかし、第一次世界大戦後の物不足とインフレにあえぐベルリンでの生活

肺結核を患ってからのカフカ

1917年（34歳）
8月 喀血。翌月肺結核と診断される
9月 長期休暇をとり、チューラウ（ボヘミア北西部）の妹の農場に移る
12月 フェリスと二度目の**婚約解消**

1918年（35歳）
4月 プラハに戻り翌月から職場復帰
8月 スペイン風邪で倒れ、生死の境をさまよう
11月 シェレーゼン（ボヘミア北部）で療養、ユーリエ・ヴォホリゼクと知り合う

1919年（36歳）
6月 ユーリエと**婚約**
10月 **『流刑地にて』刊行**
11月 **『父への手紙』を書く**

1920年（37歳）
4月 ミレナ・イェセンスカーと文通を始め、恋愛関係になる
短編集『田舎医者』刊行
7月 ユーリエと**婚約解消**

1922年（39歳）
1月 **『城』を書き始める**
3月 **『断食芸人』執筆〜6月**
7月 労働者災害保険局を退職

1923年（40歳）
7月 ドーラ・デュマントと出会う
9月 ベルリンでの同棲生活を始める

1924年
3月 プラハに戻り、病床で
『歌姫ヨゼフィーネ、
あるいはネズミ族』執筆
6月 3日、41歳の誕生日の1ヵ月前に死去
8月 **短編集『断食芸人』刊行**

死の少し前のカフカ

は苦しく、カフカの病状は急速に悪化。プラハに戻りますが、そのまま回復することなく、一九二四年の六月、四十一歳の誕生日を迎える一ヵ月前に、ついにこの世を去ることになります。

発病してから亡くなるまでの六年間に、『流刑地にて』『田舎医者』『断食芸人』の三冊を世に送り出したほか、生前に発表されることのなかった多くの遺稿が現存するのを見ても、晩年のカフカは充実した日々を過ごしていたと言ってよいでしょう。

エコロジカル・ライフ

以上のようにカフカの人生をふり返ると、彼は「病弱で不幸な自分」というイメージに自分の生き方を合わせていった人のようにも見えますね。ただし、彼は決して「病気になりたい」と願ったり、なるべく病気になるよう不健康な生活を心がけていたりしたわけではなく、むしろ神経質すぎるほど健康に気を遣っていました。

今でいう「健康オタク」とでも言えばよいでしょうか。カフカは、菜食主義を実践するだけでなく、健康に悪いとされるものは一切避けた生活を心がけていました。タバコやアルコール、コーヒーなどの嗜好品はもちろんのこと、チョコレートすらも刺激物だからといって口にしなかったそうです。

プラハのユダヤ人墓地にあるカフカの墓

また、デンマークの体操家が提唱した心身鍛錬法（一日二回、窓を開け放して柔軟体操と冷水浴を行なうもの）を毎日つづけ、食事の際には一口ずつ徹底的に咀嚼《そしやく》するという食べ方も実践していました。さらには休暇のたびに田舎の保養施設にでかけて、自然の中を歩き回ったりもしています。

なぜカフカはそれほどまでに、自分の健康を気遣うようになったのでしょうか。彼自身の健康状態がどうだったかはさておき、彼の健康志向には、当時の時代背景が少なからず関係しています。

カフカの時代はまさしく、既存の価値観や社会通念が崩れて、「オルタナティブ」なもの（既存のものに取って代わる別のもの）に人々の関心が集まっていた時代でした。前章でもお話ししましたが、近代化のプロセスにおいて都市化と工業化への道をひた走ってきた結果、自分たちは大切なものを失ったと感じた人々は、新たな心のよりどころを求めていました。そのため、広い意味での文明批判的な動きがインテリ層を中心に盛り上がっていたのです。「文明の害毒を洗い流して、人間本来の身体や暮らしを取り戻そう」という動きです。

近年は、日本でも「エコロジー」や「健康食品」の考え方はすっかり定着した感じがします。どちらかというと意識の高いインテリ層に属する人たちを中心に、環境保護に力を入れたり、有機野菜や無添加食材などの「安心」できる食べ物を注意深く選んだり、都会で暮らしながらも週末は自然の中へエコツーリズムに出かけたり——。カフカの時代に、こうしたエコロジー的な活動の源流があるのです。

カフカが社会のトレンドに非常に敏感で、新しいものを追いかけるのが好きなメンタリティの持ち主であったことは、彼の日ごろの行動からもうかがえます。たとえば、一九〇七年にプラハに初めて映画館ができたときはすぐに足を運んでいるし、当時は珍しかったオートバイを母方の叔父が所有していると知ると、すぐに出かけていって、見るだけでなく、自分でもオートバイを乗り回しています。さらに飛行機ショーが遠くの街で開催されると聞くと、わざわざ見物に出かけていき、ルポ記事を書いて新聞に投稿したりもしています。

「弱さ」という巨大な力

新しいものがとにかく好きで、時代の流れに敏感だったカフカ。ただし彼は、何のためらいもなくオルタナティブな方向に突き進んでいったのではなく、迷いがあったようです。心のどこかには、既存の社会や生活を完全に否定してしまっていいものか——という気持ちを常にもっていたのでしょう。

それは、前章でお話しした、東方ユダヤ難民への支援活動に対するカフカの態度からも感じられます。ボランティアによる支援活動に大きな意味を見いだしながらも、彼自身はどうしても参加することができなかった。つまりは、自分のやっていることに確固たる自信を持てなかったのです。

この微妙な心情は、「恥ずかしさ」という、彼の作品に特徴的なモチーフにも見て取ることができます。たとえば長編『訴訟（審判）』では、主人公ヨーゼフ・Kが石切場に連れて行かれて「犬のよう」に殺されるとき、「恥だけは生き残るような気がした」と感じる、その言葉で最後の場面が締めくくられています。そういった、自分に対しての自信のなさや恥ずかしさが、カフカの心の中に棲《す》みつづけていたのだと思います。

そういう意味では、カフカは（身体が弱いかはともかく）たしかに「弱い」人だったのでしょう。カフカの「八つ折り判ノート」の一冊には、自分の「弱さ」を語った、こんな記述が見られます。

「ぼくは人生に必要なものを何ひとつ携えてこなかった。あるのはただ、一般的な人間的弱さだけ。弱さ——それは見方によっては巨大な力なのだが——弱さに関してだけは、ぼくはぼくの時代のネガティブな側面をたっぷり受け継いだのだ。ぼくの時代は、ぼくに非常に近い。ぼくには時代に闘いを挑む権利はなく、ある程度は時代を代表する権利がある」

このノートには、前章でお話しした、宗教などに救いを見いだせなかった話との関連で、自分がいかに弱い存在なのかがしつこいほど綴られています。たとえば、キリスト教に帰依《きえ》し、「自己を神の手にゆだねる」ことで絶望から救われる可能性に賭けたキルケゴールや、民族運動に参加して、「ユダヤ人」という民族性の中にアイデンティティの根拠を見いだしたシオニストたちは、弱さをポジティブな方向に転化することができた人々です。それに対して、どちらの救いの方向にも行けなかったカフカは、弱いままです。しかし、その弱さがカフカを執筆活動に向かわせるエネルギーにもなっていたはずなのです。それは、彼にとってまさに「巨大な力」だったわけですから。

「神は死んだ」と言われる時代に、新たな心のよりどころとなる価値観の中心を何も見つけることができず、自分自身の書くものに「意味」を見いだせなかったとしても、彼は書きながら自己確認をしていたのだと思います。書くことで自分の弱さを確認する。弱さを認めることで強くなれるわけではありませんが、自分の弱さに絶望して身動きできなくなるにせよ、そこから別の場所に歩き出すにせよ、自分を知ることは彼にとって必要なプロセスだったのでしょう。だからこそ彼は言ったのです。「ぼくは終わりか、始まりだ」――と。

草の根運動のバイブルだったカフカ作品

以上、カフカの作品が誕生した背景については、おおよそ理解していただけたかと思います。

さて、これまでとても多くの人たちがカフカの作品を読み、とても多様な解釈（宗教的な解釈とか、哲学的な解釈とか、精神分析的な解釈とか）を提示してきましたが、以下では参考までに、これまで時代の流れの中で、誰がどんなふうにカフカ作品を読んできたのか、少しだけご紹介しておきましょう。

カフカの作品が広く読まれるようになったのは、第二次世界大戦後のことです。カミュ[*1]やサルトル[*2]をはじめとする実存主義の作家たちから注目され、「不条理」を描いた「実存主義文学の先駆者」として評価されるようになったのです。それからしばらくは「孤独」と「絶望」をテーマに描いた文学として読まれるのが一般的になりますが、一九七〇年代になると、「カフカの作品を今までとは違った文脈から読んでみよう」という新しい動きが現れます。

当時は、一九六八年を頂点に各国で盛り上がりを見せた学生運動が下火になり、その後しばらく社会運動的なものに比較的人が集まりにくくなっていた時代です。その状況下で、やがて新しいタイプの社会運動が見られるようになっていきました。その代表的なものが、先ほども少し触れた、環境保護をテーマとするエコロジー運動です。

一九七〇年代は、フランスとドイツで数多くの原子力発電所が建設された時期で、それに対抗する形で草の根のエコロジー運動が各地で展開し、これがやがて「緑の党」*3の結成へとつながっていきます。

じつは、こうした草の根的な社会変革運動に参加する人たちにとって、カフカが新たな意義を獲得していくのです。彼らが注目したのは、実存主義的な「孤独」や「絶望」ではなく、カフカ作品から読み取れる「したたかな」メンタリティの部分でした。『変身』よりも、どちらかというと『城』が重要だった——あるいは『城』の視点から他のカフカ作品が読み直された、ということかもしれません。「あつかましく、したたかに」その場所に居座りつづけるという部分に、草の根の活動家たちは可能性を感じたようです。つまり、社会運動の新しい闘い方をそこに読み取ったのです。

貧しい人々が分かりやすい階級差別や権力構造を相手に闘う労働運動などとは違って、エコロジー運動は、どちらかというと、分かりにくい敵を相手にします。たとえば「自然と人間の共生」を実現できなかったからといって人間が今すぐ死ぬわけではないし、温室効果ガスを削減しなかったからといって明日何かが起こるわけではありません。したがってエコロジー運動は、必ずしも「やむにやまれない」生存のための強い動機がなく、そこに参加する人々も、比較的恵まれた立場にある中流階級のインテリや学生が中心になるのが特徴です。参加者が自信のなさや「恥ずかしさ」を感じていることも珍しくない。語弊を恐れずに言えば、マイナーで「弱い」社会運動です。そのため、運動を持続させていくにはどうしても難しさがともないます。かつての労働運動のような大きな一体感や盛り上がりが生まれにくく、声を上げたとしても、あまりに小さな声のため、あっという間にかき消されてしまいがちです。

カフカ作品は、そうならないための方法を彼らに教えてくれたのです。それが「粘り強く、あつかましく、声を上げつづけろ」なのです。他の人の同意が得られなくても、誰にも理解されなくても、とにかく持続させることに意義がある。座り込みでも、小さなデモでも、抗議集会でもなんでもいい、粘り強く主張をつづけるしか方法はない——と。これはある意味、カフカの『城』のKが村でやったことと同じと言えるでしょう。

ホームレスと「カフカの階段」

次に日本に目を移します。エコロジー運動家に限らず、草の根的な社会運動を行なっている人たちの中には、カフカ作品のファンが少なくありません。大阪の釜ヶ崎で野宿者（ホームレス）支援活動を続けている生田武志《いくたたけし》さん（野宿者ネットワーク代表）もその一人です。生田さんは、今の日本に生きる人々は誰しもがホームレスになる危険にさらされていることについて、ずっと警鐘を鳴らしてきた人です。この人のカフカの読み方は非常に興味深いものなので、ここで紹介させていただきたいと思います。

生田さんがよく引用するのは、カフカの『父への手紙』の中に出てくる「階段」のたとえ話です。この階段の話は第2章でも触れましたが、「二人の男がいて、一人の男の方は一気に五段の階段をラクラクと登っていくのに、もう一人の男は一段登るのも難しい。普通の人ならば簡単に登れそうな階段が、彼にとっては全力を尽くしても登れそうにない絶壁のように見えている――」。おおまかに言ってしまえば、そんな内容の話です。

カフカの場合、この話を自分の結婚観に結びつけていて、「一般の人にとっては結婚なんて簡単に越えられるステップかもしれないが、自分にはものすごく大きなものに感じられる」ということを言っているのですが、生田さんはこの話を「ホームレスの心境をそのまま表現している」と捉えています。その説明を要約させてもらうと、こんな感じです。

「ある人が、たとえば病気やけがで働くことができなくなり、運悪く社会の階段を転げ落ちてホームレスになってしまったとします。『また一からがんばって、やりなおせばいいじゃないか』と思う人もいるでしょう。しかし実際には、一度ホームレスになってしまうと、クリアしなければならないさまざまな条件が、巨大な壁のように立ちはだかって、社会への階段を戻ることは非常に困難になってしまうのです」

考えてみると、確かにそうです。住所不定だとハローワークが相手にしてくれないため、仕事を探すことができません。かといってアパートに入居したくても保証人がいなければ、それも無理です。もし運良く就職できたとしても、次の給料日までの生活費の蓄えがなければ、仕事をつづけることは到底不可能です。

かつての日本では、終身雇用制がそれなりに機能していましたし、階段の途中に労災保険や雇用保険といったさまざまなセーフティネットが用意されていて、そう簡単にはホームレスにならないような社会システムが存在していました。しかし、とくに小泉政権下で規制緩和が進み、さまざまな業種で派遣労働が解禁されていったことなどから、非正規雇用で働く人々が急増し、セーフティネットが機能しなくなってしまった。それゆえ、今の時代は誰もがホームレスになる危険性をはらんでいる、というわけです。ちなみに生田さんは、野宿者問題の解決のためには、立ちはだかった壁を登ることができるように段差を作ること、つまり「衣食住」にわたる行政や市民の援助が必要不可欠だと述べています。

自分や世界と向き合うために

生田さんのような読み方があることを知ると、カフカ作品は、「今という時代そのものを見るための鏡」になりえる気がします。バブルがはじけたあとの日本の社会はどんな状況を迎えているのか、雇用の状況はどうなっているのか、そこに生きる人間はどんな問題に直面し、何に苦しんでいるのか――そんなふうに今の社会と照らし合わせながらカフカ作品を読んでいくのも、意味があることだと思います。

現代の若者は、今の社会は漠然と「生きづらい」というイメージをしばしば抱いていると言われますが、彼らが社会の中での自分たちの位置を自己確認する機会は、意外なほど少ないように思われます。定職についていないフリーターや、仕事をしていないニートは、よく「甘えている」「自分探しをしている」、さらには「怠けている」といったイメージをマスコミで流され、いつしか自己否定の習慣を身につけてしまいます。「仕事がないのは、自分が悪いのだ」と考えてしまうわけですね。下手をすると、自分は「死んでもいい」「殺されても文句は言えない」存在だと思ってしまいかねません。

もちろん、「雇用がないのは自分の責任ではなく、すべて社会のせいだ」と言い切ってしまうのも問題ですが、社会に起こっていることをきちんと把握しないまま、すべてを自分のせいにして絶望してしまうのは、もっと問題だと思います。

この話題との関連で、もう一人、宮沢賢治やカフカについての著書のある西成彦《まさひこ》さんの読み方を紹介しておきましょう。西さんはこれまでカフカの長編作品の中に「難民」「失業者」「過労死」など、現代社会のさまざまな問題を読み取っていますが、『変身』については、これを「介護文学」と捉える読み方を提案しています。

西さんのスタンスは、主人公のグレゴールを介護される側、家族を介護する側と見て、両者の関係性の変化に注目するというものです。家族にとって大切だったはずの人が、コミュニケーションのとれない相手となり、いつしか家族はその人の死を願うようになってしまう――。そんなふうに読んでいくと、『変身』は、介護を受ける側の人間としての尊厳が失われ、「死んでもいい」「殺されても文句は言えない」存在と位置づけられてしまうプロセスを描いた小説として読むこともできるのです。これは恐ろしい読み方ですが、社会の高齢化が進行する今の日本で、きっと無視できない読み方になるでしょう。

さらに西さんは、アウシュヴィッツ*4の事例はもとより、現代社会のきわめて多くの局面で、グレゴールのように「死んでもいい」「殺されても文句は言えない」存在とされる人々がいることに注意を促しています。
「私たちは、いまなお世界の各地で無残に殺害されていくひとびとが、殺される前にあらかじめ「害虫」（＝生き残るべき多数者の敵）のレッテルを貼られたひとびとであるということにもっと目を向ける必要がある」（『ターミナルライフ　終末期の風景』作品社）
このように、カフカ作品は現代社会とリンクする部分が多いため、「カフカは未来を予見していた」という人もいますが、私はカフカを「予見者」だとか「予言者」だとは思っていません。カフカは、自分も含めたユダヤ人に激しい憎しみが向けられるのをじかに体験し、また同胞からさえ疎んじられる東方ユダヤ人と接する中で、人間が尊厳を失う可能性と、人間が尊厳を失ったまま生きつづける可能性に思いをめぐらせていたに違いないのです。私たちが目にしている現代社会の問題は、多かれ少なかれ、カフカも目にしていた問題です。だからこそ、私たちはカフカと何かを共有することができるのです。

カフカの小説は、自分を知るための鏡である

最後に、現代に生きる私たちひとりひとりにとって、カフカ作品はどのような意味をもちうるのか考えてみましょう。

前章で、カフカの生きた時代が「閉塞感に満ちた時代」だと言いましたが、もう少し具体的に言い直しましょう。ドイツやオーストリアでは、一八七〇年代に大きな投資ブームが起こります。たとえるならバブル期のような状況ですね。しかし、やがてバブルははじけ、その後には長い不況の時代が訪れることになります。カフカが生まれたのは一八八三年ですから、ちょうど経済が悪化し、社会が前進を目指しにくい状態にあった時期でした。「救いがどこにもない」という意識は、カフカだけに限ったことではなく、その時代を生きた人々の多くに共通するものだったはずです。誰もが先の見えない時代を、確かなよりどころを求めながら生きていたのです。

これは、今の日本の状況とある意味で似ています。もちろん、ひとつの時代というのは複雑な要因で成り立つもので、安易に別の時代と同一視してしまうことはできませんが、バブル以後の日本とカフカの時代に重なる部分があるのは事実だと思います。

現代日本の場合、バブルがはじけたことで、それまでカネやモノに人生の価値を見いだしていた人々は、価値観の軸を見失うことになりました。その結果、別の何かに救いを求めようと、宗教や「スピリチュアル」なものに向かう人が大勢出てきました。ところが、そこに阪神淡路大震災と、オウム真理教によるテロ事件が起こります。一方の震災は、既存の価値観の解体にさらに追い討ちをかけるような衝撃を与えましたが、他方、宗教団体による一連のテロ事件は、スピリチュアルな救いを求める人々の心に冷水を浴びせかけたのです。その後、「終わりなき日常」という言葉に象徴される、どこにも出口の見えない閉塞的な状況が長くつづくことになります。——もっとも、近年はいわゆる「ネット右翼」など、ナショナリズムに一種の出口を求める動きが一部で活発になってきているようですが。

もちろん、物質的な豊かさ、宗教やスピリチュアルなもの、ナショナリズム、その中のどれかに救いや心のよりどころを見つけられる人がいるなら、それ自体が間違ったことだとは私は全然思いません。ただ、カフカという人は、見つけられなかったのでしょう。そして、戦後のカフカ・ブーム以来、カフカ作品を読んで何か心に響いたという人がこれだけ大勢いたというのは、やはり「見つけられない」と感じる人がそれだけ多かった、ということを意味するのだと思います。そこでは、ある種の共鳴現象が起こっているのです。

私自身もそうだったのですが、私がこれまでに話した人たちの中で、「自分が苦しいときにカフカを読んで、不思議とさっぱりした気分になった」という人は少なくありません。それは別に、「自分よりひどい絶望を抱えている人がいるのを知って、ホッとした」というような意味ではないと思います。カフカの作品には、読んで元気が出たり、ポジティブな気持ちになったりといった効用は、たぶんありません。しかし、前向きにはならなくとも、カフカを読むことで、自分が今どんな社会の中で、今どんな状況にいるのかが、おぼろげながらも見えてくるのだと思うのです。つまり、カフカの作品は「自分の置かれた状況を映す鏡」にもなりえるのではないでしょうか。

たとえば、学校や会社に行きたくなくて悩んでいる人が『変身』を読めば、今の自分が対外的にどんな立場にいて、さらには家族に対してどんな関係にあるのか——といったことが分かってくるはずです。もちろん、それを知ったからといって状況が好転するわけでもないし、元気になれるわけでもありません。しかし、自分の居場所が失われつつあることの外的な条件や、自己の存在のあやうさが分かっているのと、分かっていないのとでは大きな違いがあります。

今の自分の状況を確認して、そこから何かを始めるのもいいし、始めなくても構わないし、『城』の主人公のように、今あるぎりぎりの居場所に「あつかましく」居座るのだってアリでしょう。私たちはカフカ同様、「終わり」か「始まり」にいるのです。カフカの作品は、そのことを教えてくれる。そして、それを通じて、いわば最低限の足がかりのようなものを与えてくれているのだと思います。

さて、カフカ作品のさまざまな読み方についてお話ししてきましたが、最後にもう一度だけ確認しておきます。どんなふうにカフカを読むかは、みなさんの自由です。その書かれ方ゆえに、カフカ作品の解釈の仕方は無限に存在します。だからこそカフカは世界中で今まで読み継がれてきたし、これからも読み継がれていくのでしょう。みなさんも、ぜひ自分なりの読み方でカフカを読んでみてください。そこであなたが感じたことが「大きな」力になることはないとしても、今の自分や世界を知り、今後の自分の歩き方を考えるうえでの「小さな」手がかりが見つかるかもしれませんから。

＊1　カミュ

一九一三～六〇。フランスの作家。生と死、希望と絶望の矛盾に苦悩しつつ、不条理の人間像を描き、その哲学を展開した。『異邦人』『ペスト』など。カフカの作品を、実存主義的な「不条理な芸術作品」とみなした。

＊2　サルトル

一九〇五～八〇。フランスの哲学者、小説家。小説『嘔吐』で認められ、哲学論文『存在と無』などを発表、実存主義思想家として世界に知られる。カフカを「この時代の最も偉大で非凡な作家のひとり」と賞賛した。

＊3　緑の党

一九七〇年代からオーストラリアや欧米諸国で台頭してきた、エコロジー、多文化主義、反原発、反核、反戦などを主義、信条とする政党・政治勢力。七二年にオーストラリア・タスマニア州選挙に向けて結成された自然保護政治運動グループに端を発する。欧州では七〇年代半ばにドイツで右派・保守派が中心となって結成されるが、七九～八〇年にかけて左派グループが加入して勢力を拡大。その後各地で次々と結成されていった。

＊4　アウシュヴィッツ

第二次世界大戦中にヒトラー率いるナチス政権が強制収容所を建設したポーランド南部の地。ポーランド名オシフィエンチム。「劣等民族」を処分する絶滅収容所へと機能転換していった。収容されたのは、ユダヤ人、政治犯、ロマ、精神・身体障がい者、同性愛者などで、その総数や死亡者数は現在も分かっていない。カフカの末の妹オッティーリエ（オットラ）もここで命を落とした。

彫刻家ヤロスラフ・ローナによるカフカの記念碑（プラハ）

ブックス特別章

ポスト・コロナの『変身』再読

コロナ禍で『変身』を訳す

二〇一九年末に始まった新型コロナウィルスの感染拡大は、私たちの生活を一変させました。学校や保育園は閉鎖され、職場はリモート出勤があたりまえになり、友人・知人はおろか、自分の親にも簡単には会えなくなりました。突如として大勢の人々が家から出られなくなる――この状況は、いわば世界中でグレゴール・ザムザが大量発生したようなものです。この状況下で、私たちの社会の弱く傷つきやすい点がどこにあるのかが浮き彫りになりました。

このコロナ禍《か》のさなか、私は『変身』を日本語に訳していました。毎晩、子どもが寝静まったあとに、翌日のオンライン授業の準備を済ませてから訳の作業に取りかかる日々で、てきめん寝不足になりました。解説のために一部分を抜き出して訳すのとは違い、一つの作品全体を訳すときは、あちこちに目配りが必要になります。訳語一つを取ってみても、複数回出てくる言葉にはなるべく同じ訳語を当てたくなるのが人情というものですが、しっくりくる言葉に出会うには一苦労です。訳が進むうちに、最初に戻って訳し直したくなることも珍しくありません。

訳語にこだわりたくなるのには、もう一つ理由がありました。私はコロナ禍前から、カフカが恋人フェリスに宛てて書いた手紙を訳していました。この五百通以上の不毛なラブレターは、二十世紀を代表する手紙文学と今日評されるものですが、二人の文通は『変身』の成立にも密接に関わっています（本書の第2章を参照）。

そもそも、『変身』の着想が最初に降って湧いたのは、フェリスから手紙の返事がなかなか来ないので「ベッドでふて腐《くさ》れている」最中のことでした。文通の初期、一九一二年十一月半ばの話です。

それから約一ヵ月、カフカは小説の執筆状況をリアルタイムでフェリスに報告しています。当初はごく「小さな物語」のつもりだったのに、どんどん長くなっていきました。家族に見捨てられたグレゴール・ザムザがひっそりと息を引き取るところまで筆を進めた際には、いつになく感傷的になり、「泣いていいよ、最愛の人。泣いていい。今こそ泣く時だ！」とフェリスに書き送りました。

つまり、カフカはフェリスへの手紙と『変身』を文字どおり交互に書いていたのです。そのことからして、手紙と小説を往復しながらカフカの言葉遣いを押さえていけば、いい訳ができるのではないかと私は思っていました。

一つ例を挙げましょう。カフカは手紙でも小説でもRuhe《ルーエ》というドイツ語をよく使います。「安心」「平穏」「落ち着き」「静けさ」「休息」など、文脈によって色々な訳が可能な言葉です。これに否定の接頭辞がついたUnruhe《ウンルーエ》は、つまり「不安」「不穏」「落ち着かなさ」「騒がしさ」「慌ただしさ」を意味しますが、社会・政治的な文脈では「騒《そう》擾《じょう》」「暴動」「反乱」といった意味を帯びることもあります。こちらの言葉もよく出てきます。

忙しいサラリーマンだったカフカにとって、夜中に静かな環境でノートに向き合える時間はとても貴重でした。しかし、往々にして仕事でくたくたに疲れており、同居している家族の生活音や話し声が気になることも多く、安心して執筆に没頭できないという思いを抱えていました。なので、必然的にRuheやUnruheを手紙で多用することになったのでしょう。その言葉遣いが小説の方にも流れ込んできているわけです。

これらの言葉をどう訳すか。たとえば、『変身』冒頭の一文で言及されるグレゴール・

ザムザの「夢」には、Unruhe から派生した形容詞 unruhig《ウンルーイヒ》がくっついています。これまでに『変身』を日本語訳した数多くの訳者が、「気がかりな夢」「不安な夢」「胸騒ぐ夢」「夢の反乱」など、さまざまな独自色ある訳語を試しています。ここでどんな訳語を選ぶかによって、自分の訳の性格が決定されてきそうです。簡単な選択ではありません。一つの訳語を選ぶということは、他の可能性を捨てることだからです。

私は結局、「落ち着かない夢」という無難な訳を選び、それ以降、Ruhe とその派生語については、なるべく「落ち着き」に関連する訳語を当てるようにしました。ただ、なにしろ原語の意味の幅が非常に広いので、重要なキーワードであることは分かっていても、訳語を固定するのは困難でした。結局、手紙と小説をカバーするような訳語を探すという野望は中途半端に終わり、概《おおむ》ねケース・バイ・ケースで訳すしかありませんでした。

こんな具合に随所で心残りを抱えつつ、私の訳はのろのろと進んでいきました。それはとても大変な作業でしたが、同時に、とても幸せな作業でもありました。訳すためには当然ながらカフカの文章を一言一句たどらねばならず、カフカの書きぶりの妙を嫌でも味わうことになったからです。特に、自分の身体が思うように動かなくなり、自分の身体が異物と化すという状況を体験するグレゴール・ザムザの身体感覚の描写は本当にみごとです。本書の第1章で見た一連のシーンに加え、もう一箇所だけ引用しておきます。

腹の上あたりに、ふとかすかな痒《かゆ》みを感じた。仰向けのままベッドの柱ににじり寄った。頭を持ち上げやすくするためだ。痒い箇所が見つかった。何だかよく分からない小さな白い斑点でびっしり埋め尽くされている。肢を一本出してその箇所に触ってみようとしたが、すぐ引っ込めた。触れた瞬間、ぞっと寒気がしたからだ。

現実にはあり得ない設定のはずなのに、怖いほど実感がこもっています。ここで問題になるのが「痒み」なのも、また絶妙です。もし「痛み」ならば、また話が違っていたでしょう。誰かが痛みに耐える姿は、崇高で偉大なものでありえます。ゆえに、古今東西の文学に題材を提供してきました。しかし、痒みは、たとえ本人にとってどれだけ耐えがたくても、ポジティブな価値づけをしにくく、感動を呼びづらいものです。それがここでは光をあてられるわけです。私自身、子どものころからアトピー性皮膚炎を患ってきましたので、この箇所は何度読んでも新たに心を揺さぶられます。

また、以前には気づかなかったものに気づくことができるのも、訳者の役得です。今回新たに見えてきたことのうち特に印象的だったのが、『変身』には実は一貫して家族の物語が描かれている、という点でした。

本書の「はじめに」でも述べたように、私自身はもともとグレゴール・ザムザに強すぎるほど強く感情移入しながら読んでいましたので、彼を取り巻く家族の存在の重みにはあまり目が向いていませんでした。高校生のころは、この小説はグレゴール・ザムザ一人の物語だと思っていたほどです。大学に入って以降は、カフカ文学で女性が果たす役割の重要さを研究仲間に教えられたり、『変身』を介護小説として読む読み方を学んだりしましたが、それでも、基本的には、これは主人公のグレゴール・ザムザが引きこもりになって社会から脱落し、孤立して居場所を失っていく物語だと思っていました。

しかし、その物語の裏には、グレゴール・ザムザの変身という事態に翻弄される家族の姿が、最初から最後まで、とても丁寧に描かれていたのです。

孤立する家族

そう感じた背景に、世界を覆うコロナ禍があったのは間違いないでしょう。感染拡大の防止策として各国で導入された行動制限の結果として生じたのは、往々にして、同居している家族を単位とした孤立だったからです。その状況に照らしてみると、『変身』

が「グレゴール・ザムザの孤立」だけでなく「家族の孤立」を描いた小説でもあったことが浮かび上がります。
この小説の舞台は、（最後のエピローグを除いて）基本的にずっと家の中ですから、ザムザ家の人々と外部の社会との関係を窺《うかが》わせるような描写はけっして多くはありません。しかし注意して読めば、家族が置かれた状況をカフカが周到に作中に描き込んでいるのが分かります。ザムザ一家の孤立を端的に表しているのが、第二章に出てくる次の一節です。

メイドは最初の日に早速（この事件について何をどれだけ知っていたかは不明だが）、早くクビにしてくださいと母親に土下座して頼み込み、十五分後に家を出ていく際には、ここで受けた最大の恩恵がこれだと言わんばかりに嬉し涙を流しながら、クビにしてくださってありがとうございますとお礼を言った。そして、口止めされてもいないのに、誰にも一切口外いたしませんと鬼気迫る勢いで誓ったものだ。

それまでザムザ家で働いていた家事使用人の一人が暇乞《いとまご》いをする場面です。グレゴール自身は、たとえ姿形が変わってしまっても自分はまだ人間だと思っていますので、なぜ彼女がそこまで必死で仕事をやめたがっているのか即座に理解できないのですが、この時点で、グレゴールの変身という事態は絶対に対外的に公表してはならないもの、何が何でも世間の目からは隠し通さなければならないものであることが読者に告げ知らされます。

もし仮に、グレゴールの変身に際して家族が外部に助けを求めていたら、『変身』はまったく違う物語になっていたでしょう。もちろん、いい方向ばかりで違いが出るとは限りませんので、ひょっとするとグレゴールは部屋から強制的に連れ出され、動物園の檻《おり》に入れられたり、実験室で解剖《かいぼう》されたりしたかもしれませんが、とにかく家族が孤立して途方に暮れる展開はなかったはずです。

しかし実際には、家族はグレゴールの変身をひた隠しに隠し、その結果、常に何かに怯えながら生活することになります。そんな家族の心情をグレゴールの側もある程度把握していたのだろうと思わせる描写が、同じ第二章にあります。

グレゴールは、日中は両親の世間体《てい》を考えただけでも窓から姿を見せる気は失せたし、かといって数平方メートルしかない床では這い回るのもままならず、おとなしくじっと寝そべっているのは夜のあいだだけでも耐えがたくなってきていたし、食事はじきに少しも楽しみではなくなった。

「両親の世間体を考えただけでも」は、もしかすると少々意訳しすぎたかもしれない箇所です。原文には実は「世間体」という言葉はなく、「両親のためを思えば」が直訳ですので。

いずれにせよ、ここでグレゴールは、明るいうちは窓辺に「姿を見せる」ことがないように気をつけています。その代わり壁や天井を這い回り、つかのまの自由な気分を味わうのですが（本書の第2章を参照）、その解放感は、自分がもはや人前に出られない存在になったという実感と表裏一体をなしていたのです。

ここでは、外に出られなくなったグレゴールと、グレゴールを外部の目に触れさせたくない家族とのあいだに一種の共犯関係が成立し、それが現状維持の圧力を生み出していると言えるでしょう。

誰が「ケア」するのか

このように外部に対して閉じ、グレゴールの問題をあくまで家族内で処理しようとした結果、妹グレーテの「ヤングケアラー」化の事態が発生します。

もとより家事・育児・介護などの「ケア」に関する労働は、近代的な家族制度のもとでは、もっぱら一家の主婦が担うべきものとされてきました（性別役割分業）。しかし、少子高齢化の進行とともに、介護を必要とする高齢者が増える一方、人手不足や雇用の流動化から共働きが増えて専業主婦が減ったため、誰がケア労働を負担するのかが大きな問題になっています。子どもや若者にその負担がのしかかり、遊びや勉強の時間が取れないといった弊害も生じているわけです。

そんな現状に照らしてカフカ作品を読むと、主婦以外の人間が介護を担当するというシチュエーションがよく描かれているのに驚かされます。もっとも、それは必然だったのかもしれません。本書の第3章で触れたように、当時は近代の家族のあり方に疑問が呈されはじめた時代で、カフカも同じ疑問を抱きつつ生きていました。フェリスとの二度目の婚約を見据えた時期、難民の子どもたちを支援するソーシャルワーク団体に強い関心を寄せたのは、この団体の活動がケア労働を家族の枠組みから解放するものであったことと大いに関係があるでしょう。

ここで参考までに、『変身』の前作である短編『判決』を視野に入れます。カフカがフェリスに最初に（とても遠回しに交際を申し込む）手紙を書いた際、その余韻《よいん》に浸りつつ一気に書き上げた作品です。

主人公の若い商人ゲオルク・ベンデマンは、母親を早くに亡くし、年老いた父親と二人暮らしです。交際していた恋人と婚約したばかりで、「ペテルブルグの友人」に婚約を知らせる手紙を書き、それを父親に報告しに行くと、いかにもカフカ的な世界が幕を開けます。親子の会話は迷走し、父親は唐突にペテルブルグの友人の実在を否定したかと思うと、今度は前言を翻《ひるがえ》し、自分はずっとペテルブルグの友人と結託していたと語ります。そしてゲオルクの婚約を責め、最後には「溺《おぼ》れ死ね！」と宣告するのです。この死刑判決を聞いたゲオルクは部屋を飛び出し、近所の橋から身を投げます。

——読んでいるうちに何が現実か分からなくなり、読み終えるころには頭の中が疑問符だらけになる小説ですが、今は次の一節のみを取り上げます。


そうこうするうちに、ゲオルクは父親を再び座らせるのに成功し、リネンのズボン下の上に履いているメリヤスのズボンと、ついでに靴下を用心深く脱がせた。あまり清潔ではない下着を目にして、彼は父親の世話をないがしろにしていた自分を責めた。父親の下着を取り換えるのは、たしかに自分の義務だったはずだ。父親を将来どうするのか、婚約者とはっきり話をしたことはまだなかった。暗黙のうちに、父親は元の住居に住み続けるのだろうと二人とも思っていたからだ。しかし今、彼は刹那《せつな》のうちに、将来住む住居に父親を引き取ろうと固く心を決めた。よく見てみれば、住居を移ってから介護の体制を整えるのでは遅すぎるかもしれないありさまなのだ。


年老いた父親と同居する将来構想を固めた息子は、父親を抱いてベッドに運び、寝かしつけようとします。つまり、ゲオルクはここで「ケアする男性」として描かれているのです。今でいう「ビジネスケアラー」でもありますね。当時の文学としては珍しいことで、カフカの立ち位置の特異さがよく分かります。

『変身』に話を戻します。グレーテは「まだ十七歳の子ども」ですが、変身してしまった兄の世話を一手に引き受けます。ここで注意したいのが、女性特有のケア能力をそなえた天使のような少女を登場させる文学作品なら掃いて捨てるほどある、という点です。兄の世話をする妹、と聞いただけで、読者は条件反射でそういう少女を期待します。

カフカはそんな理想化された少女のイメージを徹底的にズラし、屈折させ、反転させます。ヤングケアラーが直面する過酷な現実をつぶさに描き出すことによってです。第二章で兄の介護を引き受けたグレーテは、家事使用人の退職にともなって料理もするようになり、第三章では店員の仕事を見つけて働きはじめます。三足のわらじを履《は》くわけですから、大変なのはあたりまえです。にもかかわらず、兄の世話をできるのは自分だけ、という思いから、グレーテには新たに「自尊心」が芽生え、それに固執《こしつ》するようになっていきます。介護にいそしむ自分というものがアイデンティティの軸になっているのです（現実のヤングケアラーにも、しばしば生じる事態です）。

もちろん、介護にやりがいを感じること自体は、けっして否定されるべきことではありません。何らかの意味でやりがいを感じられなければ、そもそも長期間にわたり介護に携わるのは厳しすぎます。ただ、グレーテの場合、自分がやらなければとの思いが排他的なふるまいにつながり、外部に助けを求めたり、あるいは少なくとも負担を分散する方策があるのではと考えたりする道が閉ざされてしまうのです。

カフカ自身は、『変身』を書いた時点ではまだ介護された体験も介護した体験もないはずですが、このあたりの家族の心理的メカニズムの描写は非常にリアルです。グレーテをはじめとするザムザ家の人々は何かにつけ、現状は変えられないと思いつめ、動けなくなってしまいがちですが、それは自分で自分を追い込んだ結果なのです。いわば、家族がみんなで「カフカの階段」（本書の第4章を参照）の下に立っているわけです。

たとえば、広すぎて使い勝手が悪い住居を引き払い、もっと安い物件に移るだけでも大幅な状況改善になるはずなのに、グレゴールを移動させられないからと引っ越しを諦めてしまいます。本当は、箱に入れて運ぶなり何なり、グレゴールを移動させる手段はあるはずなのですが、無理だという思いが先に立ってしまう理由を、グレゴールは次のように推測します。

家族が宿替えできないでいるのは、もっぱら、完全に絶望しているからだ。親戚や知人みんなのうちで誰一人として味わったことのない不幸に自分たちは打ちのめされていると思ってしまうからだ。

ラストシーンに隠された不協和音

グレゴールの死後、家族はようやく解放されます。ザムザ家の三人はそれぞれ欠勤届を書き、ピクニックに出かけます。光あふれる幸せそうな場面です。

それから三人とも、連れ立ってアパートを出た。もう何ヵ月もなかったことだ。そして電車に乗って郊外の野原へ出かけた。同じ車両に乗り合わせているのはこの三人だけで、暖かい日の光があふれるほど射《さ》し込んできている。三人はゆったりと座席にもたれかかり、将来の見通しを話し合った。


これまで止まっていた時間が動きだしたかのようで、「もっと狭くて安い、ただし立地はもっとよく、全般的にもっと住みやすい物件」に移ることも即決します。誰にも看《み》取《と》られずに息を引き取り、ゴミとして廃棄されたグレゴールの末路からすると、これ以上ないほど残酷なラストです。

なぜこの場面には、まるでハッピーエンドであるかのような幸福感が漂っているのか。『変身』をここまで読み進めて、違和感やショックを受けた読者は少なくないでしょう。実はカフカ自身もこの結末には満足しておらず、完成直後にフェリスに宛てた手紙では、「もっといいものができたはず」と悔やんでいます。一年あまり後の日記で『変身』を振り返った際にも、「読めたものではない結末」と切って捨てているほどです。

ちなみに、100分de名著『変身』の二〇一二年の初回放送時には、多くの感想のお便りをいただきました。自分も主人公に共感したとか、これまではただ単に意味不明な物語だと思っていたけれども、他人事ではないと感じるようになったとか、そんな感想に励まされたのを覚えています。

その中で一番強く印象に残ったのは、九十歳の女性の方からの一枚のハガキでした。そこには、「ザムザはわたしです。」とだけ記されていたのです。どんな思いでその言葉を認《したた》められたのか。私には窺い知れない時間の重みがその背後にはあったはずですが、あえて推測させていただくなら、自分の身体が自分の思うように動かないという思いを抱え、介護を必要とする日々を送るうちにこの番組に触れ、『変身』のラストシーンに心をえぐられる思いがしたのではないでしょうか。自分がいなくなれば、みんなホッとするかもしれない――そんな感覚に出くわすこと自体は、私たちの日常において必ずしも珍しくありませんが、カフカはその感覚を極限まで拡大して私たちの目の前に突きつけてくるのです。

このラストの衝撃力は、周囲から孤立して排除されていくグレゴール・ザムザの物語の背後に、同じく孤立した家族の物語があったからこそです。一家の大黒柱の突然の変身に右往左往し、生活費を稼ぐ仕事とケア労働の両立に疲れ果て、ストレスを溜め込んでいく家族のストーリーが、『変身』には最初から最後まで非常に丁寧に描き込まれている。その線だけをたどれば、最後の「ハッピーエンド」に何の違和感もなく入れてしまうレベルの丁寧さです。

ただし、一点の曇りもないかのような光に満ちたラストシーンには、よく見てみると、どこか不穏《ふおん》なものが、不協和音の芽のようなものが隠れている気もします。最後の一節を見てみましょう。

そんな話をしているうちに、ザムザ夫妻は、どんどん生気を取り戻してゆく娘の姿を目にして、ほとんど二人同時にはっと気づいた。この子は最近、厄介ごと続きで頬が青白くなりはしたが、それにもめげず、いつしか美しく豊満な花盛りの少女になっていたのだ。夫妻は口数が減り、ほとんど無意識のうちに目と目を見交わして通じ合い、そろそろこの子にいいお婿《むこ》さんを探してやる頃合いだと考えた。そして夫妻は、自分たちの新しい夢やお節介が正しいとお墨《すみ》つきをもらった気がしたのだった。めざす駅に着いて、娘が一番先に立ち上がり、若々しい身体《からだ》をぐっと伸ばしたとき。

最後の一文が倒置法めいた訳になっているのは、ドイツ語の原文の語順を保存しようとしたためです。そもそもドイツ語（に限らずヨーロッパの言語）の文章を日本語に訳す際には、語順をどうするかが常に悩ましい問題になります。主文のあとに副文（関係文や従属文）が続くとき、元の語順をひっくり返して副文を先に訳す（訳し上げる）しかない場合が多いからです。

たとえば、「小説」という単語に「虫けらが主人公の」という関係文がくっついている場合、訳し上げると、「私は虫けらが主人公の小説を読んだ」のように自然な訳になりますが、元の語順を無理やり保存しようとすると、「私は小説を読んだ。その小説は虫けらが主人公だ」のように、何だかもたついた訳になってしまいます。しかし、それでも『変身』の最後の一文に関しては、「めざす駅に着いて、娘が一番先に立ち上がり、若々しい身体をぐっと伸ばしたとき」という従属文を、どうしても原文の語順どおり一番最後に配置したいと私は思ったわけです。

そう思った理由は、ここでぐっと伸びをするグレーテの姿が、経済条件のいい男性を見つけて早々に結婚させるというザムザ夫妻の思惑に収まるものではなく、その枠を打ち壊して外に出ていく可能性を秘めたもののように感じられた点にあります（逆に言えば、「お墨つきをもらった気がしたのだった。」で締めてしまうと、その可能性がキャンセルされてザムザ夫妻の願望が前に出ます）。

この当時は、タイプライターの発明と普及にともなって女性の事務職という新たな職種が誕生し、女性の社会進出が一気に進んだ時期です。カフカもそのことを意識していたはずです。なにしろ、カフカが『変身』を書きながら遠距離恋愛していた相手のフェリスが、まさにそのタイプでしたから。彼女は家庭の事情で学業を中断し、十代でタイピストとして働きはじめますが、早くから頭角を現し、新興のレコード会社の業務代理人という要職に就くに至ります。エリート保険局員だったカフカより、給与も貯金も上でした。『変身』の作中でも、グレーテが「もっといい職を手に入れるため」に夜中にフランス語と速記の勉強をしているとの記述がありました。もしかするとグレーテは今後、両親の期待をよそに、新たな生き方を見つけて「変身」を遂げていくのかもしれません。

『断食芸人』との比較

最後に、少し蛇足かもしれませんが、『変身』のラストシーンをカフカ晩年の代表作『断食芸人』と比較しておきたいと思います。カフカは第一次世界大戦中、それまでとはテイストが異なる、寓話風の物語をよく書くようになります。一九二二年に書かれた『断食芸人』はそんな短編の一つです。この作品名を冠した短編集は、カフカが生前に世に出した最後の本になりました。

こんなお話です。主人公の「断食芸人」は、文字通り断食を芸として見せるのが仕事です。檻の中に入り、藁《わら》の上に座ってひたすら断食するだけです。四十日でドクターストップが入る決まりですが、本当はもっと長く断食できるはずだと本人はいつも密かに思っています。かつては断食芸は高い人気を誇り、断食芸人は相方の「興行師」と組んでヨーロッパの大都市を回りながら華々しく興行していましたが、今では断食芸の人気は凋落《ちょうらく》し、落ちぶれた断食芸人は興行師と別れてサーカスに雇われ、敷地の片隅で細々と芸を続けることになりました。彼の芸へのこだわりは誰にも理解されず、やがてサーカスの運営者からも存在を忘れ去られてしまいます。

最後に、空っぽの檻が放置されていると勘違いしたサーカスの「監督」が檻の中を調べさせると、人知れず延々と断食を続けていた芸人が瀕死《ひんし》の状態で藁の中から発見されます。彼は監督に、自分が断食をしていたのは実は「おいしいと思える食べ物が見つけられなかった」からだと秘密を打ち明け、息絶えます。つまり、ストイックな芸であると他人の目には見えていた断食は、「他にどうしようもない」から仕方なくやっていた行為でしかなかったのです。

断食芸人が死んだあとに残された檻には、代わりに肉食獣の「ヒョウ」が入れられます。その最後の場面を見てみましょう。

「じゃあ片づけろ！」と監督は言った。そして断食芸人は藁といっしょに埋葬された。一方、檻には若いヒョウが入れられた。長いあいだがらんとしていた檻の中でこの野生動物が跳ね回っているのを見るのは、どんなに鈍い頭の持ち主でも分かる娯楽だった。ヒョウは満ち足りていた。おいしいと思える餌《エサ》なら、うじうじ考えるまでもなく見張りが持ってくる。自由すらなくても困っていないように見えた。必要なものを全部、はち切れんばかりに装備しているこの高貴な身体は、自由までも常時携帯しているように見えた。歯と歯のあいだのどこかに自由をくわえているように見えた。口を開ければ生きる喜びが強烈な熱を放ち、見物人がその熱に耐えるのは簡単ではなかった。それでも見物人たちは踏みとどまり、檻を取り囲み、梃子《てこ》でも動かなかった。

この物語は、ストイックに文学に生きようとしたカフカ自身の人生を表す寓話になっていると言われます（断食芸人の相方の興行師には、熱心にカフカを世に売り出そうとした親友マックス・ブロートの面影があります）。
たしかに、カフカにとっての文学とは、自分が「他にどうしようもない」からやっている営みに他なりませんでした。生理現象のように自分の中から出てきたものを書きつけて保存し、あまつさえそれを本にして売り、世間に公表する。そこには矛盾がありま す。名声を求めて文学をやっているわけではなく、自分が納得いくものが書けさえすればいいのだけれども、他人の評価にまったく無関心ではいられない――そんな複雑な心理を抱いていた彼は、いわば自分の人生の総決算として『断食芸人』を書いたのだと考えられます。

思えば、カフカの文学は基本的に「引き算」でできており、既存の文学を構成する要素のうち、肉を削《そ》ぎ落して骨と皮だけを残していったような性格があります。「断食芸」は、そんなカフカ文学を表すのにうってつけのメタファーだと言えなくもありません。

ともあれ、ここで注目したいのは、『断食芸人』は『変身』とよく似ているという点です。本当は何か食べたいのに、食べたいと思う食べ物がないというモチーフが共通していますし、この世界に居場所がなくなった主人公がひっそりと衰弱死するストーリー展開も同じ。そして最後に、いなくなった主人公の代わりに、若々しく躍動する身体が光を浴びるのも同じです。『断食芸人』は、いわば『変身』を短く凝縮したような作品なのです。

そのことからして、たとえカフカ本人が『変身』の結末に満足できていなかったにせよ、この小説を何度書き直しても、きっと同じ結末にたどり着いただろうと思えてなりません。『変身』は、もともと作者の意図を超えて大きく成長した物語です。時代の流れに敏感なカフカがおそらく無意識のうちに立てていたアンテナにひっかかってきた数多くのものが作中に流れ込み、結果的に、現代社会の病理をえぐる唯一無二の物語が生まれました。作者の死後百年を経て、いまだに私たち読者の心をえぐり続ける残酷な結末も、やはり替えが利かない唯一無二のものなのです。

読書案内

◉『変身』日本語訳

文庫・新書判で手に入れやすいものを。語彙《ごい》が豊かで格調高い高橋訳、とにかく軽くて読みやすい池内訳、徹底的に訳語が考え抜かれた山下訳、三人称の代名詞「彼」を使わない独白調の丘沢訳、ドイツ語原文の質感を味わえる多和田訳といった具合に、どの訳も個性的。川島訳は解説が長い。

高橋義孝訳『変身』新潮文庫、一九五二年
山下肇・山下萬里訳『変身・断食芸人』岩波文庫、二〇〇四年
池内紀訳『変身』白水Uブックス、二〇〇六年
丘沢静也訳『変身／掟の前で 他2編』光文社古典新訳文庫、二〇〇七年
多和田葉子訳「変身《かわりみ》」（後出の『ポケットマスターピース01 カフカ』に所収）
川島隆訳『変身』角川文庫、二〇二二年

◉アンソロジー

『変身』以外のカフカをもっと読みたい人のために。『夢・アフォリズム・詩』は生前未発表のもの。『自撰小品集』は逆にカフカ自身が世に出していいと考えた作品のみを集め、一字一句熟考した名訳でお届け。『絶望名人』は日記や手紙からカフカの独特の人となりを浮かび上がらせる。同じ編訳者による短編集・断片集もお勧めしたい。『ポケットマスターピース』は独特のラインアップで、中短編や長編『訴訟』の新訳に加え、手紙や、役人カフカが労災保険局で手がけた公文書も収録。『カフカふかふか』は短文で抜き出したカフカの言葉に簡潔な説明を添え、カフカ文学の全体像がつかめる。

吉田仙太郎編訳『夢・アフォリズム・詩』平凡社ライブラリー、一九九六年
吉田仙太郎訳『カフカ自撰小品集』みすず書房、二〇一〇年
頭木弘樹編訳『絶望名人 カフカの人生論』新潮文庫、二〇一四年
多和田葉子編訳『ポケットマスターピース01 カフカ』集英社文庫、二〇一五年
下薗りさ・木田綾子編『カフカふかふか とっておきの名場面集』白水社、二〇二四年
頭木弘樹編『決定版カフカ短編集』新潮文庫、二〇二四年
頭木弘樹編訳『カフカ断片集』新潮文庫、二〇二四年

◉参考書

カフカを扱った書物は膨大な数にのぼるが、ここでは哲学書や専門的な研究書は避け、さまざまな切り口でカフカの世界にアプローチする手助けになるものを紹介する。

ハンス・ツィシュラー（瀬川裕司訳）『カフカ、映画に行く』みすず書房、一九九八年
池内紀・若林恵『カフカ事典』三省堂、二〇〇三年
三原弟平『理想の教室 カフカ『断食芸人』〈わたし〉のこと』みすず書房、二〇〇五年
リッチー・ロバートソン（明星聖子訳）『1冊でわかる カフカ』岩波書店、二〇〇八年
ライナー・シュタッハ（本田雅也訳）『この人、カフカ？ ひとりの作家の99の素顔』白水社、二〇一七年
伊集院光『名著の話　僕とカフカのひきこもり』KADOKAWA、二〇二二年
クラウス・ヴァーゲンバッハ（須藤正美訳）『カフカのプラハ［改訳決定版］』水声社、二〇二二年
アンドレアス・キルヒャー編（高橋文子・清水知子訳）『カフカ素描集』みすず書房、二〇二三年
本田雅也編著『対訳 ドイツ語で読む「変身」』白水社、二〇二四年

おわりに

「100分de名著」で『変身』が取り上げられてから長い年月を経て、伊集院光さんと再び対談させていただくことになりました。コロナ期間中ゆえに、会議室の机を挟んで距離を取りながらの顔合わせでしたが、話しはじめると一気に心の距離が近くなった気がして、これが文学の力だなと思いました。同じ本が好きな者同士は、時間や空間を飛び越えることができるのです。たとえ、それが孤独や絶望の本であっても。

この対談（KADOKAWAより刊行の『名著の話』に収録）でも話題になりましたが、文学研究者は多かれ少なかれ、自分が研究している文学の「ファン」です。そして私はどうやらカフカのファンである度合いが高めらしく、どうしてもべったりと感情移入して読んでしまうため、研究対象へ客観的な距離を取るのが難しいのですが、他の人とカフカについて語り合うと、そんな自分を外側から見ることができます。

自分が読み落としていたものに気づかされることもあれば、まったく予想外の読み方を教えられることもある。伊集院さんとの対話の中では、もしかするとグレゴールが穴を掘って「虫の世界」にたどり着くことだってできたかもしれない、という伊集院さんのコメントにハッとさせられました。

私自身は、化け物じみた図体の虫けらをあまりにも唯一無二の存在と思いすぎて、他にも虫がうようよいる可能性に考えが及んでいなかったのですが、たしかに、家の外に一歩踏み出してみれば、地下の至るところに「虫の世界」は広がっていたのかもしれません。作者が文学作品の中に書いたことだけでなく、書かなかったことについても語り合ううちに、その作品の読み方は豊かになり、解像度が上がっていきます。文学とは、そんなふうに作者と読者が時空を隔てて共同作業をすることによって作っていくものだと、最近よく実感します。

——そう言いながら、私はときどき、ひとに「カフカを読んでみてください」と勧める自分の言葉に嘘はないのか、自分は本当に他の人たちにカフカを読んでほしいのかと自問してしまいます。カフカ文学に共感する人が少なければ少ないほど、その社会は幸せな社会であるに違いありませんから。

ただ、残念ながら世界は不条理に満ちており、カフカの死後にさらに混迷の度合いをまし、「カフカ的」な状況が次々と生まれ、カフカ読者が増える前提がどんどん整ってきているように見えます。

カフカ自身は、若くして世を去ったおかげで、全体主義国家の恐怖を味わうことも、ユダヤ人虐殺《ホロコースト》を体験することもありませんでした。しかし、三人の妹はナチスの強制収容所で非業の死を遂げ、一番仲がよかった叔父（オートバイを貸してくれた人）は強制収容所に移送される前に自ら命を絶ちました。

親友マックス・ブロートは、プラハがナチスに占領される直前、カフカの遺稿をスーツケースに詰めて脱出しましたが、逃げ遅れて犠牲になった友人・知人も少なくありません。

カフカの恋人たちの運命は、明暗が分かれています。カフカとの婚約解消後、結婚して一男一女に恵まれたフェリスは、ナチスの台頭するドイツを離れてスイスに移り、さらにアメリカに亡命。西海岸に腰を落ち着けてからは、起業して家族を養いました。それに対して、二人目の婚約者ユーリエは逃げることができず、アウシュヴィッツで命を落としています。ミレナはユダヤ人ではありませんでしたが、ナチスへの抵抗運動に加わり、捕えられてラーヴェンスブリュック収容所（ベルリン郊外の女性用の強制収容所）に送られ、そこで病死しました。共産党員になったドーラは夫とともにソ連に亡命しますが、やがてスターリン体制下で夫はシベリアの強制収容所送りになり、彼女は娘を連れて今度はイギリスに亡命して生きのびました。

カフカ文学の恐ろしいところは、全体主義が二十世紀にもたらした惨禍をよく知っている人が書いたかのように読める点です。それどころか、二十一世紀の世界さえ知っていたかのようです。

たとえば、カフカが一九一七年にシオニスト雑誌『ユダヤ人』に寄稿した短編『ジャッカルとアラブ人』をひもとけば、「私どもは、アラブ人から平和を勝ち取らねば、呼吸のできる空気を勝ち取らねばならぬのです。地平線まで見わたすかぎり、やつらをきれいに一掃するのです」という言葉に出くわし、ぞっとします。

これは『断食芸人』と同じく寓話風の物語の一つで、「アラブ人」と敵対する「ジャッカル」の群れが、長年の争いに終止符を打つ救世主の訪れを待望するありさまが描かれます。カフカ自身は、この物語を「寓話」と銘打たないよう雑誌の編集部に求めていますが、あからさまにシオニズムの寓話として読めてしまう言葉が並んでいるのは事実です。

この物語を、今日の私たちはどのように読めばいいのでしょうか。少なくとも、特定の人間集団に「殺されても文句が言えない人たち」のレッテルを貼り、民族浄化を正義として語る言葉が横行する状況下でカフカを読めば、それはある種の解毒剤として作用しうるはずだと思います。

作中で「アラブ人」を憎む「ジャッカル」の群れは、他力本願で卑屈で惨めな集団として描かれており、もしユダヤ人の隠喩なのだとしたら、とてつもなく自虐的な自画像です。どう転んでも民族主義的な宣伝《プロパガンダ》には使えない、役立たずの文学。それがカフカ文学です。

もちろん、カフカがシオニズムの暴力的な側面に意識的だったとか、二十一世紀の政治情勢を的確に予見していたとか、そんな持ち上げ方をしたいわけではありません。カフカは生まれたばかりのシオニズムしか知らず、アラブ人とユダヤ人の衝突については散発的にニュースで伝え聞いてはいたのですが、将来的にパレスチナの地にユダヤ人国家ができるとは、あまり思っていませんでした。そもそも自分はまっとうな政治運動や社会運動に参加する資格がない人間のクズだと固く信じていた彼が、かろうじてシオニズムに遠くから共感を寄せたのは、非現実的な目標を掲げたシオニズムはごく弱い運動だと理解していたからこそです。

もし彼が、自分の見通しが甘かったことを知り、今日ガザで進行している事態を目のあたりにしていたら、何をしたでしょうか。どうせカフカのことですから、何も行動は起こさなかったでしょう。その代わり、自分とよく似た人間のクズが虫けらか犬のように悲惨な末路を歩む話を、あと一つか二つくらいは書いたかもしれません。

いずれにせよ、カフカが書き残したテクストの不快刺激を受け取り、次の世代に受け渡すことができるのは、今の時代に文学を読む私たちの特権です。そして、ある程度は義務でもあるのだと私は思います。

二〇二四年六月

川島　隆

本書は、「NHK100分de名著」において、2012年5月に放送された「カフカ　変身」のテキストを底本として加筆・修正し、新たにブックス特別章「ポスト・コロナの『変身』再読」、読書案内などを収載したものです。

装丁・本文デザイン／水戸部 功・菊地信義
編集協力／中村宏覚、福田光一
図版作成／小林惑名
本文組版／㈱ノムラ
協力／NHKエデュケーショナル

p.001 1923年に撮影されたカフカの肖像写真
p.011 1916年発行の初版『変身』の表紙
p.045 1906年、23歳の頃のカフカ
p.073 1926年発行の初版『城』の表紙
p.099 プラハにあるカフカの生家

川島 隆（かわしま・たかし）
1976年京都府長岡京市生まれ。京都大学教授。京都大学大学院文学研究科博士後期課程研究指導認定退学。博士（文学）。専門はドイツ文学、ジェンダー論、メディア論。著書に『カフカの〈中国〉と同時代言説』（彩流社）、共著に『図説 アルプスの少女ハイジ』（河出書房新社）など。訳書にカフカ『変身』（角川文庫）、編集協力に多和田葉子編訳『ポケットマスターピース01 カフカ』（集英社文庫）がある。

NHK「100分 de 名著」ブックス
カフカ 変身～「弱さ」という巨大な力
2024年6月25日　第1刷発行
著者————川島 隆
発行者———江口貴之
発行所———NHK出版
〒150-0042　東京都渋谷区宇田川町10-3
電話　0570-009-321（問い合わせ）　0570-000-321（注文）
ホームページ　https://www.nhk-book.co.jp
印刷・製本—広済堂ネクスト

Printed in Japan　ISBN 978-4-14-081965-4 C0097

NHK「100分de名著」ブックス

ドラッカー マネジメント……上田惇生
孔子 論語……佐久 協
ニーチェ ツァラトゥストラ……西 研
福沢諭吉 学問のすゝめ……齋藤 孝
アラン 幸福論……合田正人
宮沢賢治 銀河鉄道の夜……ロジャー・パルバース
ブッダ 真理のことば……佐々木 閑
マキャベリ 君主論……武田 好
兼好法師 徒然草……荻野文子
新渡戸稲造 武士道……山本博文
パスカル パンセ……鹿島 茂
鴨長明 方丈記……小林一彦
フランクル 夜と霧……諸富祥彦
サン＝テグジュペリ 星の王子さま……水本弘文
般若心経……佐々木 閑
アインシュタイン 相対性理論……佐藤勝彦
夏目漱石 こころ……姜尚中
古事記……三浦佑之
松尾芭蕉 おくのほそ道……長谷川 櫂
世阿弥 風姿花伝……土屋惠一郎
万葉集……佐佐木幸綱
清少納言 枕草子……山口仲美
紫式部 源氏物語……三田村雅子
柳田国男 遠野物語……石井正己
ブッダ 最期のことば……佐々木 閑
荘子……玄侑宗久
岡倉天心 茶の本……大久保喬樹

小泉八雲 日本の面影……池田雅之
良寛詩歌集……中野東禅
ルソー エミール……西 研
内村鑑三 代表的日本人……若松英輔
アドラー 人生の意味の心理学……岸見一郎
道元 正法眼蔵……ひろさちや
石牟礼道子 苦海浄土……若松英輔
歎異抄……釈 徹宗
ユゴー ノートル＝ダム・ド・パリ……鹿島 茂
サルトル 実存主義とは何か……海老坂 武
カント 永遠平和のために……萱野稔人
ダーウィン 種の起源……長谷川眞理子
アルベール・カミュ ペスト……中条省平
バートランド・ラッセル 幸福論……小川仁志
三木清 人生論ノート……岸見一郎
法華経……植木雅俊
宮本武蔵 五輪書……魚住孝至
維摩経……釈 徹宗
オルテガ 大衆の反逆……中島岳志
太宰治 斜陽……高橋源一郎
アンネの日記……小川洋子
シェイクスピア ハムレット……河合祥一郎
マルクス・アウレリウス 自省録……岸見一郎
カント 純粋理性批判……西 研
貞観政要……出口治明
アレクシエーヴィチ 戦争は女の顔をしていない……沼野恭子